生活·认知·成长
青春励志故事

生活·认知·成长
青春励志故事

一个女孩的天荒地老

杨晓敏◎主编

地震出版社

图书在版编目（CIP）数据

一个女孩的天荒地老：创意卷 / 杨晓敏主编. —北京：地震出版社，2012.8
（生活 · 认知 · 成长青春励志故事）
ISBN 978-7-5028-4113-3

Ⅰ.①一… Ⅱ.①杨… Ⅲ.①小小说 - 小说集 - 中国 - 当代
Ⅳ.①I247.8

中国版本图书馆 CIP 数据核字（2012）第 179464 号

地震版 XM2763

一个女孩的天荒地老——创意卷

主　　编：杨晓敏
执行主编：马国兴　王彦艳
责任编辑：赵月华
责任校对：孔景宽　凌　樱

出版发行：地震出版社

北京民族学院南路 9 号　　邮编：100081
发行部：68423031　68467993　　传真：88421706
门市部：68467991　　传真：68467991
总编室：68462709　68721982　　传真：68455221
E-mail：seis@mailbox.rol.cn.net
http：//www.dzpress.com.cn

经销：全国各地新华书店
印刷：北京振兴源印务有限公司

版（印）次：2012 年 9 月第一版　2012 年 9 月第一次印刷
开本：710×1000　1/16
字数：197 千字
印张：14.5
书号：ISBN 978-7-5028-4113-3/I（4790）
定价：28.00 元

序

杨晓敏

好书是具有生命力的。一本好书，我们拿在手上，揣在兜里，或者放在枕边，会感觉到它和我们的心一起跳动。在日常的学习生活中，我们每天都在用最经济的时间、精力和财力，收获着超值的知识、学问和智慧，于是我们自己，就在一天天地充实厚重起来。

优秀的短篇小说，就是这样的好书。它是顺应现代人繁忙生活而发展成的一种篇幅短小的小说。跟一般小说一样重视场景、个人形象、人物心理、叙事节奏。优秀的作者可写出转折虽少却意境深远，或转折虽多却清新动人的作品。

现在，许多优秀的作者舒展超感的心灵触觉，用生花的妙笔，把小小说从文学神坛上牵引下来，在我们广大读者面前，展现出一幅幅五颜六色的生活画卷，或曲折离奇，或险象环生，或嬉笑怒骂，或幽默诙谐。于是，阅读一本小小说，就成了繁忙生活的轻松点缀，紧张学习的有效调剂，抹平了你我微皱的眉头，漾起了会心一笑的嘴角。

我们精心编选的这套“生活·认知·成长青春励志故事”小小说丛书，每一辑都包含了“悟性”“创意”“想象”“品味”“风尚”“情愫”六卷，并围绕这六个主题，选取当代国内知名作家的精品力作，各自汇编成书，具有强劲的文学感染力。篇篇都耐人寻味，本本都精挑细选，既是青少年认识社会的窗口、丰富阅历的捷径，又堪称写作素材的宝典。作品遴选在注重情节奇巧跌宕，阅读效果峰回路转、柳暗花明的同时，注重价值取向，旨在引导青少年全面、客观地认识社会，开阔视野和胸怀，提高综合素质，进而确立正确的人生观、价值观。

在这套书里，我们推荐给青少年读者的是充满活力的大众文化形态的小小说佳品荟萃。所选择的作品，尽量体现质朴单纯，而质朴不是粗硬，单纯不是单薄；体现简洁明朗，而简洁不是简单，明朗不是直白。它们是理性思维与艺术趣味的有机融合，是人类智慧结晶的灵光闪烁，是春风化雨滋润心灵的真情倾诉，是鲜活知识枝头的摇曳多姿，是青少年读者嗅得着的缕缕墨香。

知识没有界线，可以人类共享，只要是具有优良质地的文化产品，都能互补、渗透、影响和给人以启迪。任何一粒精壮的知识种子，播撒在人们的心灵深处，都会开出艳丽的花朵，结成高尚的果实。

青年出版家尚振山先生以极大的热情，独到的眼光，精心策划了这一套“生活·认知·成长青春励志故事”丛书，我和同仁马国兴先生、王彦艳女士应邀参与编纂，当然也愿意大力推荐给广大青少年朋友们。

2012 年春

一个女孩的天荒地老

contents 目录

将　军

○刘建超

“十五年以后，我会成为一名将军。”哥查着字典读完一本泛黄的《孙子兵法》后，右手握着书轻轻拍打着左手心，站立窗前一脸庄严，两眼望着无边天际对我说。哥那年十二岁。

哥高中毕业报名参军。全县八百名应届毕业生中挑选三名飞行员，哥是最后六名候选人之一。哥打开箱子搬出平时不许我翻动的几十本宝贝书：“这些都留给你了，好好学习，哥当了将军回来接你。”可哥政审没有通过。哥哭了一天，背着母亲缝好的被子到八十里外县化工厂当了一名学徒工，每月23元工资。

哥的师傅为人尖刻。哥除了干活还要给师傅洗衣打饭，星期天还去乡下帮助师傅家干田里的活。哥的师傅烟瘾大，爱下棋，常哄着哥陪他下棋，谁输了谁就买一包“黄金叶”。哥的工资除去吃饭大都“孝敬”师傅吸烟了。学校放暑假，我背着一小口袋白蒸馍去看哥。哥屋里除了母亲缝的那床被子，啥都没有。一张苇席铺在地上，上面堆满了棋书。哥光着膀子坐在席上打棋谱能打一通宵。“目前局势是这样的，我赢师傅已在把握之中了。”哥说。晌午，哥和师傅下棋又连输三盘。哥的师傅伸着黑糊糊的手从小口袋里抓走了三个白蒸馍，我心痛得直掉泪。哥说：“兵不厌诈，你还不懂。”哥转正那天，在职工食堂与师傅挑战：“谁输一盘，一条‘黄金叶’烟。”哥将三条烟放在桌上。围观的人开始起哄。哥的师傅从兜里掏出一沓菜票："破上下个月吃咸菜了！"哥就蹲在凳子上，一手托腮，一手调动兵马，直杀得师傅大冷天硬是出了一头汗，不少人给哥的师傅当"高参"也无济于事。哥干脆利索连胜三盘。哥收起菜票揣着烟从容潇洒走出食堂，师傅瞪着眼张着嘴半天没缓过劲儿。哥在厂里名声大响。

十五年后，哥没有当将军却当上了爸爸。哥给女儿起了个响亮的名字：上将。嫂子撅着嘴老大不愿意。上将升入小学后，嫂子的厂里出现困难，厂里不少职工托人找关系往哥的厂子里调。嫂子也怂恿哥去找领导谈谈。哥在屋里背着手不停踱着步子，说："从目前局势看，我厂的效益确实不错，但是个污染严重的行业，治理是早晚的事。而你厂的产品是国家建设的资源性产品，定当扶持。"如哥所料，不出一年，哥的厂被勒令停产，嫂子的厂又红火起来。嫂子对哥佩服得不得了，对哥伺候得更周到。上将升入中学后，城里兴起建房热，双职工借钱筹资在县城新规划的职工新区盖房子。哥不为所动。老街四邻新房建成，请哥去"燎锅底"，哥吃着人家的酒菜，看着人家的新屋，蹦出两个字"惜哉"。主人让哥说个明白。哥用手指蘸着酒在桌上画了一幅地图，一手撑着腰，一手拿着一根筷子："目前的局势是这样的，云梦河是流入淮河的主要河流之一，横跨半个省，途经四个城市，是造成春夏两季洪灾的主要因素，现今世界是资源之争，重点在石油，十年二十年后，争夺的重点将是水资源。云梦河水质优良，不但白白浪费掉还是水患之根，治理只是时间早晚的问题。从县地理位置上看，要治理云梦河非葫芦口处莫属。在葫芦口处筑堤，受淹者职工新区首当其冲。费了人力、物力、财力，居不上三年五载就拆迁，岂不可惜哉?"主人不爱听，酒席未散就把哥请了出去。三年后，职工新区果然开始拆迁，哥成了县城家喻户晓的人物。

天未降大任于哥，同样劳其筋骨，空乏其身。女儿上将在一次郊外春游中因车祸丧生。嫂子因失女儿之痛精神恍惚，晾晒衣服时不慎从二楼坠下，治疗三个月最终还是截瘫。为给嫂子治病哥花了所有积蓄，变卖了所置家当，还背了两万元的债务。哥却处之坦然，只是头发白了许多。闲暇时，哥推着嫂子出去“散步”，嫂子怀中抱着两样东西，一只折叠的小马扎，一副象棋。哥放稳轮椅，打开马扎，铺开棋盘，接受男女老少的挑战。不论其棋艺高低，哥从不敷衍。每次把对手逼入绝境，一声“将”之后，哥便从衣兜里摸出一包烟来，抽出一支叼在嘴上，嫂子会及时划一根火柴将烟点燃，对哥粲然一笑。哥深吸一口烟，再将烟雾从鼻孔唇缝缓缓吐出，那份踌躇满志的神态俨然一位将军。

别墅的力量

○范子平

市开发区的东边新起了一群别墅小楼。

当然是富人的别墅，每幢房要价两三百万元。三层小楼，带地下室和车库，房屋有意大利风格的，有南美风格的，有澳大利亚风格的。前院鲜花盛开，后院修竹婆娑，侧院毛茸茸的芳草地上，弯曲着一条鹅卵石砌就的甬道，连接着前院后院，处处显得新颖别致。

市第二药厂的车间统计员刘桂两口子住着窄小的一室一厅，八小时之外挣外快，挣钱准备买一套宽敞的三室一厅的房子，成天累得喘不过气来。这天他们俩托人说情混到建筑公司油漆工的队伍里，来这里为别墅区的栅栏上漆。第一次见到这般豪华的小楼，仰望着愣怔了许久，才感叹道："妈呀，这么排场！"

市文化馆的画匠刘晓，近一段时间也在朝思暮想着挣大钱。虽然他和老婆孩子三口人住的三室一厅还算宽敞，但他想的是价值百十万元的独院，凭他一个名不见经传的画匠，干体力活儿身体又不大好，虽然又是做中介又是倒药材又是画广告，可是费八布袋劲儿也没攒下几个钱，成天又是懊恼又是沮丧。听说别墅区街口要招标装饰画，他就骑上车来这里看情况。乍一见到气派不凡的小楼院群，他禁不住喊了一声："真美呀！"站在那里欣赏了好一阵子。

市委书记李平也来了，在一群官员的簇拥下到别墅区视察，他楼里楼外前前后后看了一大圈，才兴致盎然地向开发区管委会主任伸出大拇指："真漂亮！名不虚传！"

五年后。

刘桂仍住在原来的一室一厅里，只是老婆离婚跟了别人，那房里比原来脏了许多乱了许多。刘桂被第二药厂辞退后，便以捡破烂儿为生。捡破烂儿他也不很投入，弄到几个钱他就去小饭馆里弄瓶二锅头，然后醉醺醺走回家去。酒醒时别人问他咋成这个样了，他抹抹嘴唇打个哈欠漫不经心回答说："真该感谢那片小洋楼。以前我成天加班赚钱想买好房，是那片小洋楼把我从迷魂汤里拉了出来。住坏楼层，想好楼层；住小房，想宽敞房；住单元房，想独院；住独院，想别墅；住着别墅，又想更高级的。人的欲望没有个头儿。一辈子就那么几十年，活那么累又是为个啥？现在我知足了。"

刘晓已经成了有一定知名度的画家，在北京办画展颇有轰动效应，有几家报刊发了评论，称他是世纪之交有影响的写意派山水画家之一，发展前途不可估量。《中国画报》记者采访时，刘晓拿出了当年画下的开发区别墅群，指着对记者说："成功的起点就是这片漂亮的别墅群。在那以前想买独院，除了画广告就是倒药材，已经没心画画了，那片气派不凡的别墅群把我惊醒了。我想就是住上了独院离这样的别墅不还有十万八千里吗？做生意搞外快咱是以己之短比人之长，一辈子能有多大出息？还是老老实实画自己的画吧。"

李平因为受贿罪和巨额财产来源不明罪被判处死刑。《法制报》记者采访他时，他流着泪直捶自己鬓发斑白的脑壳："以前我还是注意廉洁的，都怪那片别墅群。说到底怪我自己，一看到那么新颖别致的别墅就想，在全市我是老大、一把手，可我的住房和这别墅档次还差得远，就那还不属于自己，是公房，难道我还不如一个个体户？心理开始不平衡。处在这样的位置上，思想一失衡钱财就滚滚而来，我就顺着下坡路滑了下来……”

世事就是这么奇怪，三个人和开发区的别墅群并没有什么直接关系，那漂亮的别墅群却改变了他们的命运。

彩墨画屋

〇聂鑫森

古城城南，有一条小街，叫竹香街。有十几家制作和出卖竹具的作坊店铺，竹桌、竹几、竹椅、竹凳、竹床、竹板、竹枕、竹席、竹篮、竹筐、竹梯、竹笠……竹子的清香，永恒地笼罩着小街。奇怪的是，在小街的尾端，居然开着一家专卖字画的彩墨画屋。

彩墨画屋的门脸不大，厅堂里摆着一截子柜台，墙上挂满了字画，一部分是本城书家画家的作品，一部分是从外地购回的行画（成批生产的大路货），标价最贵的千把元，便宜的也就一两百元。但是厅堂后面还有一间内室，却藏着不少大名人的字画，有古代的也有现当代的，一般的顾客无缘一见。见了也是白见，你买得起吗？因此不如不让你见。

这是个夫妻店，男的叫吴滔，女的叫杜萱，都只三十五六岁。

古城市中心有条含文街，一色的仿明清建筑，专卖字画、文房用具，人来人往，生意红火极了。彩墨画屋怎么不开到那里去呢？人若问，吴滔则微微一笑："苏东坡说'宁可食无肉，不可居无竹'，我在竹香街开画店，不是大雅是什么？"

这世上不缺少精细人，他们发现吴滔之所以避开同行另觅僻处，自然是另有算计的。店堂里的画似乎只是做做样子，背后一定是有大生意可做的。但到底做了什么大生意，谁也弄不明白。只知道他们在高档住宅区买了房子，孩子读的是全托的贵族小学，还买了一台奥迪小车。

店堂里很静。偶尔有风吹进来，墙上挂着的字画，会很兴奋地颤动一阵，发出细细碎碎的声音。

穿着很时髦、薄施粉黛的杜萱，正在翻着一个记录本。吴滔叼着一只德国烟斗，津津有味地吸着，不时地喷出一大团一大团的烟雾。

杜萱问道："吴滔，那张齐白石的《白荷图》，该去武部长家购回了。这张画送到他家个把月了，你怎么还不去呢？"

吴滔抽出口里的烟斗，用胖胖的手指摁了摁烟丝，然后再点着，使劲地吸。

杜萱不高兴了，说："你听见没有？聋了呀！"

吴滔摇了摇头，说："女人家，什么也不懂，急什么？"

杜萱只好不做声了。在这个方面，她不得不承认吴滔的老谋深算，只能自叹弗如。

这张画，杜萱只要一闭上眼睛，就会清清楚楚地看见它，是一幅四尺对裁的长条，浓墨淡墨画的荷叶，湿润润的样子，或正或斜，风仪楚楚；于荷叶中挺出一朵用淡墨画出的荷花，花瓣舒展，露出用浓墨画出的半截莲蓬。右边自上而下题了一首诗和一行小款："谁为乞取银河水，洗尽胭脂去世华。不与娇娃斗容色，生来清白作名花。三百石印翁白石画，时年八十有三。"按题款推算，此画应作于 1944 年，布局、笔墨、书法、印章，无一不妙。

这幅画吴滔从何处弄来的，花了多少钱？连杜萱都不知道。她也问过，吴滔总是"顾左右而言他"。即使她在床上撒娇发嗔，哎哎哟哟的，吴滔依旧守口如瓶，就像电影《甲方乙方》中的一句台词："打死我也不说。"

吴滔终于过足了烟瘾，把烟斗放到柜台上，眯缝着眼睛，洋洋得意地问："杜萱，《白荷图》第一次到武音和家里，是哪一年？"

杜萱翻到记录本其中的一页，说："是十年前的春天。"

“不错。那时，武音和在本市所辖的一个县当专管招商引资的副县长。有一个私企老板想在那里搞个开发区，需要一些优惠政策，找到店里来要买一幅名人字画打通关节，我把《白荷图》拿给他看。他问是真的吗？我说本店‘保真’，不过，他必须告诉我送给谁，因为新的画主若要用钱，我得把画收回来。但请他放心，我会保密的，这是本店的规矩。”

“怪不得那次你把我也支开了。”

吴滔高深莫测地一笑，说：“他付了二十万，他还说将通过人引荐，直接把画送到武音和的太太手上。过了五天，我再找到武太太，以十二万元收买回来，她挺高兴。十天后，那个私企老板的事办成了，他还专门到店里来表示谢意哩。”

“你赚了八万。但为什么一定要回收呢？”

“你不懂。回收就表明是真东西，小店的名声，也就在送礼的和收礼的这个范围内，悄悄传开了。”

“于是，你其他的名画，八大山人的《西瓜图》、郑板桥的《风竹图》、吴昌硕的《梅花图》、徐悲鸿的《奔马图》……都相继出手了。”

“对。而且一幅画只让它在一个官员的手上出出入入，你记录本上都有登记的。”

“为什么呢？吴滔，我一直想不明白。”

“第一更证明它是真品。第二使得画的人更加放心，知道它的人越少越好。你记得吗？《白荷图》再次到了武音和的手上，是什么时候？”

“是两年后。”

“武音和当上县委书记了。县里一个副局长想扶正，我推荐他买了《白荷图》。还是收二十万，几天后，我再用十万元收买回来。少得了两万元，武太太同样很高兴，女人嘛。”

“不久，那个局长当上了‘一把手’。”

“对，杜萱，这些年，《白荷图》在武音和家时而入时而出，好几个来回了，简直就像一条喂熟了的狗，围着他家转。当然，其他的画也是这个模式。做生意要动脑筋，我的画店倘若开在含文街，日久必被人参破机关，那是犯傻！”

“哦，是这样。”

“后来，武音和调到市委组织部，当部长了。这一段日子，市里各局又开始考察、测评了，有些局长、副局长到了年纪，或退休或退居二线，空出了好些个位置，也就是说又要提拔一批干部了。《白荷图》又让某位仁兄买下了，去送给武音和。”

“可你这次反常，没有回购呀。”

吴滔端起紫砂壶，快活地呷了口茶，然后说：“杜萱，这幅画我永远不会回购了，就留在武家做清供之玩吧。”

“为什么呢？我真是糊涂了。”

“因为……他五十七岁了，‘七不进，八不留’，从此他就真的息影林泉了。”

杜萱惊得张开的嘴半天都没合上，小声说：“吴滔，你龟儿子精明哩！”

“不知人事，焉知商事。”吴滔的目光很冷，语调也很冷。

有一天，彩墨画屋走进来一个两鬓微霜的妇人，手里拿着一个卷好的画轴。

正在和杜萱闲聊的吴滔，一抬头，愣住了，这不是武音和的夫人吗？

“小吴，好久没见你了，还好吧？”

“哦，贵客呀，武夫人光临敝店，难得难得。有什么事要我效劳吗？”

“有幅画，贵店收不收呀？”

“我看看。”

吴滔小心地打开画轴，是那幅齐白石的《白荷图》！

他看了好一阵，说：“武夫人，画是好画，可小店现在经营不善，已经没钱回收这样贵重的画了，真的对不起。”

武夫人颓丧地接过卷好的画，走了。

吴滔和杜萱彼此怪异地望了一阵，突然爆发出怪异的笑声。

医　者

〇秦　俑

现在我到了B城。是离我们S城很近的一座城市（确切地说，不堵车的话，大概半个小时的距离）。我有很多理由喜欢这座城市，在这里，不管白天黑夜，我都可以做很多在S城不敢做或者不方便做的事情。

比如现在，我就大大方方地走进了一家叫做“心灵港湾”的心理咨询室。我遇到了一些心理方面的困惑，需要寻求帮助。如果在S城，我可能会畏畏缩缩，躲躲藏藏，但一到B城，我就变得晏然自若，无所顾忌。因为在这里，没人知道我是谁，也没人知道我的职业，更不会有人像绿头苍蝇一样对我狗屎般的私生活充满兴趣。

时间就是金钱。这是一个连小学生都懂的非常浅显的道理，我当然有信心比他们理解得更加深刻。看着对面坐着的这位与我年龄相仿的心理咨询师，我并没有给他太多拖延时间的机会，甚至连互相介绍的环节都直接跳过。实话说，我对自己这段开门见山式的质询还是挺满意的。很显然，这是一次有组织、有策划的咨询体验。

“我想知道你是不是也有这样的感觉：某一段时间——这段时间的来临没有任何的预兆，也找不出什么因由，更无从摸索它出现的规律——反正有这么一段时间，你会感觉自己思想的某个方面出了毛病……”

“我想了解你具体的一些表现。”

“譬如说，上班的时候，我不知道是坐着好还是站着好，所以很多时候只有看着一个地方发呆。再譬如说，我会莫名地害怕安静，害怕一个人，总期待有人跟我说话，说什么并不重要，最好能絮絮叨叨地说个不停。”看他没有反应，我接着说，“还有，我习惯于戴着灰色的眼镜去看待这个世界，习惯于对着镜子自言自语……”

“你是不是不相信童话，不喜欢周星驰的电影，不习惯哈哈大笑，不愿意听到朋友和家人说高兴的事情，也从不与别人分享自己的快乐，看到有人遭遇不幸会感觉漠然……”他终于接话了。这让我感到稍许的满意。他应该知道，我正在接受的是付费服务，这本来就是他应该履行的职责。

“是的。有时会这样。”我对他所列出的症状感到很吃惊，这里是B城，我没有必要掩饰我的惊讶，“哇！怎么这么准！难道你也这样？”

“是不是到症状严重时，会间歇性地感觉自己的脑袋里一片空白，就像患了短暂的失忆症一样……”他没有直接回答我的问题。

“等清醒过来，又会走向另一个极端，觉得生活没有意义，性格狂躁，容易发火，无缘无故地想砸东西。”我接话的时候，脸一定是绷着的。我相信每个人说到自己的痛处时，都会有这样类似的表情。

“有人需要倾听者，他们希望有人听他们说话，帮他们答疑解惑；同样的，也有人需要倾诉者，他们愿意聆听，用耳朵去体验别样的人生。”他的某根神经似乎被彻底激活，思维变得异常敏捷起来。

“就好像病人需要医生，医生同样也需要病人。”我也好像开始找到感觉，不禁对自己能随口说出这么精辟、这么富于哲理的话而感到欣慰。

“如果我猜得没错，你我是同行。”他微笑地看着我。

“是的。咱俩有缘。在S城，我也开了一家心理咨询室，名字叫‘心灵花园’，跟你的‘心灵港湾’就像是一对孪生兄弟。”说着，我自己先忍不住笑出声来。

接下来，我们聊天的角色悄悄地起了转变，他不再是医者，我也不再是患者。我们都是医者，或者说，我们都是患者。我们促膝而谈，几乎忘了时间。聊天过程和相关内容在这里就没有必要公开了。但是，我可以告诉你们结果。

第一个结果，我们成了好朋友。这并不奇怪，我们有交朋友的基础，而且不在同一个城市。如果我们没有将业务扩张到彼此临近城市的打算，就不会存在竞争冲突。

第二个结果，我们签订了一项口头的君子协定：在生意冷清的时候，在我们即将出现以上枚列的种种症状之前，我可以邀请他来我们S城，他也可以打电话让我到B城去，双方无条件同意为对方临时客串一回前来咨询的心理障碍患者。

这是在2010年春天来临的时候，两名分别来自S城和B城的心理咨询师之间的秘密约定。

余木易

○安石榴

余木易原来不叫这个名字。

余木易这个名字因了一场大水，因了一个人。

那场大水在中国灾难史上很有名气，关键词是：1932 年，哈尔滨，大洪水。

那个人，杨毅。

1932 年 7 月，连续降雨二十七天之后，松花江水以摧枯拉朽之势荡涤哈尔滨城，东方小巴黎转眼之间变成人间地狱，洪水在市区翻起十几米高的浊浪，昔日车水马龙的街道浮起一只只载满人和物的船。

就在这个当口，二十岁的杨毅独自一人出发了，他腰里缠着地下组织的十几根金条，背上背着足有几十斤重的机密文件。杨毅是个谨慎而周密的人，他在包扎文件的布包袱外面又仔细地包了一层油布，预防雨水和洪水损毁文件。他现在按组织的命令转移。为了安全和快速到达目的地，他不惜用一根金条的重价雇到一只小船，但是，他没有按预定路线行动，他要救他的恋人。

杨毅相信自己可以把两件事一起做好，是的他很自信，他总是能够从容地做好所有的事情。但是沿途的情势如不可抗拒的力量改变了他。不断有房屋坍塌陷入洪水中，发出连绵的凄惨沉闷的声音，随后，哭天抢地的呼告不绝于耳，让他焦虑不安。这个英俊的小伙子不由自主地搭救落难的人，小船很快坐满了。船夫一边卖力划，一边大声抱怨：再他妈救一个，咱们全完蛋！

船行到道外三道街时，一处三层的楼房已经坍塌了一半，像一只遭遇风暴的巨帆，斜插在汹涌的波涛中，摇摇欲坠。看着这一切，船上挤在一起的人们默默无语。突然有人惊呼，三楼唯一残存的阳台上有一位少女，木像一样站在那儿一动不动！那显然是个女学生，梳齐耳短发，穿一套海军式样的学生服，驼领和领带迎风飘舞，她脸色苍白，却用双手紧紧按住舞动的裙袂。

杨毅厉声呵斥船夫逼他靠近危楼，不用船夫说他知道小船已经不能再承受一点重量，而同样地，危楼也不再给人更多的思考时间，发出吱吱咯咯的警告，并不时落下砖头瓦块。杨毅端立船头，毅然除下腰间的金条毫不犹豫地抛到水中，又解下文件包袱，撕下外层的防湿油布，把几十斤重的文件沉到水下。他脸上决绝的表情震慑了船夫和船上所有的人，小船奋力划到阳台下面，但是少女似乎看不到也听不到，任船上的人喊破嗓子，她始终呆若木鸡。杨毅跳入水中，泅进二楼窗户，从倒塌的楼梯堆上爬到了三楼，他双臂流着鲜血，奔向他的恋人，他抱起她，从高高的阳台上跳落下去。

小船刚刚逃出危楼的阴影，“轰隆”一声一团烟雾腾起，危楼完全陷落，一股巨浪把小船一下子推出几十米远。

一船人重生。

一座城市倾覆。

一个年轻男人的命运在这一刻悄然改变。

一个十六岁的少女从此把心爱人的姓氏镶嵌在自己的名字里，在今后几十年风风雨雨中又把他们的爱情镌刻在心上。

后记：小文写好后我给老太太念，老太太一头白发，却仍然活泼可爱，她俯在老爷子的耳朵上大声说：心肝儿！石榴这孩子写我们年轻时候的事呢，你为我丢了老革命的资历，遭了很多罪，后悔不后悔？九十七岁的老爷子一辈子经历无数坎坷，仍是一脸笃定的安详。

最好的证明

○程宪涛

青工袁的脸涨成猪肝色，鼓足勇气叫住已经走过身边的值长。

什么事？值长驻足转身，目光如炬地锁住袁，他一向以认真严谨著称。

袁嗫嚅着，显得手足无措。如果这时他将刚才的想法急刹车还来得及，但是他似乎根本就没有这么想，在值长的注视下不打自招，道，刚才我从八米平台上掉下来了。

值长好像没有听清楚，侧过耳朵，想避开现场发电设备的噪声，要求袁再说一遍。

这无疑是让袁再重复一次痛苦的经历，但是他还是遵照值长的要求补充了一遍。

这次值长听明白了，他上下左右打量了一圈袁，然后围绕袁身前身后走了一周，做出结论：无理取闹，瞎说。值长说后转身要走。

真的，就是刚才，我从八米平台落到零米。青工袁感觉受到了冤枉，他的声音虽低，却不容置疑。

值长把要迈出去的脚步收回来，这次他向四周看了看，确定附近无人后，压低声音严厉地问袁，从八米平台摔下来会有啥样的后果，你知道吗？

知道。

根据电厂制定的安全规程，距离地面一点五米就属于高空作业，需要系安全带，做好一切防护措施，这些你知道吗？

学习过。

去年，有一位员工在三米平台上作业，不慎脚绊到一根钢筋上，从三米处落到零米，当即把胳臂摔断，我们厂已经保持的五百六十天的安全生产纪录被打破，你知道吗？

师傅讲过。

六年前，一名焊工在高五米处施工作业，没有系安全带，缺少监护，摔到地面，造成瘫痪，影响了全厂的安全生产，造成个人终生痛苦。

我在厂志上看过。

那么你声称从八米平台上掉下，现在你却神智清醒，皮毛无损地站在这里，怎么令人相信呢？你是哪个分厂哪个班组的？班长是谁？你叫什么名字？

值长您还是不相信我。袁这时觉得冤屈，就要求值长走上八米平台。值长为调查得水落石出，跟在青工袁的身后登上八米平台。

我就是站在这里。袁走向八米平台的边缘，边解说边模拟刚才的动作，我就是这样……

值长刚要答话，只是听到哎呀一声，那个青工就不见了。值长一下子着了慌，跳到平台边沿，向下面观看，青工袁正在抱着腿蜷缩在地上痛苦地呻吟。

救护车迅速把胳膊和腿摔断的青工送到医院。

躺在病床上，全身裹着石膏打着点滴的青工袁对前来探望他的值长申辩说，零米处，也就是我的落地点原来有一堆建筑施工用的很大的沙堆的。

事故调查小组后来证实了这一点。

独活与寄生

〇高海涛

独活开着一家小说书店，兼营音乐唱片。她的进货原则是：每有一本小说出版她都会进两本，一本留在里屋的书架成了非卖品，一本放在外面的货架上成了商品，即使是最热销的小说，她也从不多进，只是两本。相反她兼营的唱片却是什么流行上什么，数量按市场而定，成了主营，赚了钱补足书架和肚子。大部分时间，独活就在里屋的书架上拿下一本小说听着最流行的音乐看，喜了，哈哈大笑，悲了，抱头痛哭。她认为，她是这个世界上最幸福的人。

有一个叫寄生的作家经常光顾独活的小说书店，每次来，他都会买走一些小说。寄生已自费出版了两本小说集和一部长篇小说，他送给独活，独活不要，但她像进其他小说一样进两本，里屋一本，外屋一本。里屋那一本她早就看完了，可外面那一本却好像永远也卖不出去了。

寄生很痛苦，很累，为出书他到处去拉赞助，有时不得不埋下脸来给一些有钱人写吹捧的文章，然后低三下四地到报社找编辑发表。

独活卖东西时从不想多说话，书有定价，就不用说了，每个唱片上她都标明价钱。只是作家来了，她的话才多，但一句也不是买卖上的，作家从来没有还过价，独活也从来没有让过钱。她只是与作家交流对每本小说的看法。

有一天，作家说："像你这样独到的鉴赏水平，是可以写出很好的小说的！”

独活说：“我觉得人生最愉快的事就是在音乐中读别人的小说，我太满足，太幸福了！”

更痛苦的事又降临到了作家身上，下岗的妻子不甘贫困与作家分开了。作家只好与自己出版的小说大捆大捆地一起挤进了他文联的那一间办公室，那个单人床和那张小桌反而被挤得更大了。作家的痛苦和独活的幸福使作家产生了灵感。作家买了两箱方便面与两桶纯净水，在小屋里一待就是一个月。

独活依然在音乐中读小说，她很幸福，可她越来越不快乐，似乎有了一点点的痛苦。时间一长她找到了那些痛苦的原因。以前，她每读完一两本书，都会把自己的想法说出来给作家听，这样她才可以一吐为快。她忽然明白了一个道理：交流才能让幸福变成快乐。

作家又来了。作家给独活带来了他刚用一个月写成的长篇小说《快乐与幸福》手稿，请她提意见。作家说：“我翻来覆去地想，只有你的意见才能使这部小说升华。”

半年后，经过他们反复修改，这部小说终于被一家出版社买断，小说成了一本炙手可热的小说，作家也成了一个炙手可热的作家，于是他以前自费出版的书也成了热销书。作家非常快乐，他的快乐是痛苦与快乐的强烈反差带来的。

独活非常快乐，她的快乐是分享别人快乐时带来的快乐。

更让他们快乐的还有一件事：寄生与独活结了婚。

盒子炮

〇蔡　楠

我要去杀人。杀我叔。我亲叔。

这是一件很棘手的事情。这比杀伪班长曲结巴难。杀曲结巴，我只需摸黑爬进岗楼把他掏出来一枪击毙就行了。这也比杀伪军中队长韩恩荣难。杀韩恩荣，我只需化装成卖烧鸡的，在寡妇水蓼花的门口蹲守。韩恩荣来水蓼花家，带了酒，必定买烧鸡。他买烧鸡，我就捎带着卖给他一颗“花生米”。我叔熊莞东则不同了，他是新安县的大户，住的是深宅大院。房后是城墙和壕沟，前院驻扎着日本宪兵队。但这还不是最难的，最难的是他是……是我亲叔。

我叔对我还是蛮好的。我爹走得早，是他送我上了私塾，又帮我娶了媳妇儿。可是，日本鬼子到白洋淀后，我叔和我走上了不同的道路。我当了雁翎队，如今是锄奸队长。我叔当上了新安县的“维持会长”，还把他从国外回来的儿子送给日本人当翻译。我叔手下那一帮人，制造了端村惨案，全村被日本人杀了800多口啊！还有，他的副会长张得庆，诱骗了雁翎队副队长邓义，致使邓被捕牺牲。雁翎队就决定除掉我叔。自然这任务就落到了我的头上。

我们决定在七月十五动手。平时我叔是很少走出他的深宅大院的。白洋淀七月十五有放河灯的习俗，他肯定会出来祈福许愿。白天，我和锄奸队员田章、杜鹏一起进了新安县城。晚上我们想在县城东南放河灯的水域设下埋伏，然后伺机行动。但是，我们错了。我叔没有出来。只是我叔的三姨太带着一群家眷家丁，匆匆放了一阵河灯就回去了。他们连鞭炮都没有放。我对田章、杜鹏说，你们在城墙外等我，我混进熊家大院去！田章和杜鹏说，熊管，你别去了，看情况有些不对劲儿呢！我说，没事的。你们就等着好消息吧！

我把我的衣领竖起，把草帽带上，在水边捡到了一个灯笼，我就成了熊家大院的一个家丁。灯笼闪闪烁烁，顺着甬路，领我走过前院。我听到了宪兵队刑讯逼供的声音，这声音使我的脚步更加急速。我看见我叔的三姨太去宪兵队长屋里打牌了，我看见一群家眷家丁都走散了，去了他们应该去的地方。我就直接去我叔的后院。我熟悉我叔的后院。我也熟悉我叔的习惯。他这会儿肯定在他的客厅赏月，七月十五的月亮不比八月十五的月亮差。

但是，我又错了。等我挑开门帘进来的时候，我叔没在客厅。我就想去他的书房。这时，我的腰被一个硬硬的东西顶住了。凭我的经验我知道那是一支盒子炮。我对顶着我的盒子炮说，叔，我知道是你，我还知道你的盒子炮不如我的盒子炮好！

我叔的盒子炮用了用力，熊管，你是来杀我的？

我说，不是，我是来给你送盒子炮来的，我知道你喜欢更好的盒子炮，你有了更好的盒子炮就没人再杀得了你了，你就可以过太平日子了，就可以享尽清福了！

我叔说，你甭蒙我，有人透信儿给我，说你要来杀我！

我说，我哪里敢哪？你是日本人的红人，宪兵队都在保护你。再说了，你是我亲叔，待我又不薄，我怎么会杀你呢？我真的是给你送盒子炮来的。不信你摸摸，我的盒子炮就在我的腰里。

我叔一拍我的腰，就准确地找到了盒子炮所在的位置。他一把摸了出来。我知道他露出了惊喜的神色。我说，叔，我没说谎吧，我那是一支上好的盒子炮呢。德国原装毛瑟盒子炮，20 响的，连发，快射型的。而你那只盒子炮，只能叫快慢机，我不看也知道是老掉牙的西班牙式的。

我叔就用我的盒子炮顶住了我的腰。现在是两只盒子炮顶住了我的腰。我的腰围满了一圈冰凉。快说，你怎么会把这么好的盒子炮给我？我叔的话也像盒子炮一样冰凉。

我叹了一口气，叔啊，我实在是在白洋淀混不下去了，岗楼林立，到处都是你们的人。日本人也在悬赏捉拿我，我有家也不敢回。我想用盒子炮换你 50 块钱。我不在雁翎队待了，我受不了那苦，我要到天津去闯荡闯荡！

我叔收起了家伙儿，鼻子里哼一声。他用手拍拍我的草帽，我赶紧把草帽摘下，抱在胸前。我叔说，瞧瞧你又黑又瘦，混得一定不怎么样，就你这德性还杀得了我？实话告诉你，只要我大声咳嗽一声，你就休想出这屋。我说那是那是，叔你千万别咳嗽，你快拿钱，拿了钱我连夜就走！

我叔拿着两把盒子炮就向里屋走去，向钱柜走去。我抱着草帽跟在后面。我叔猫下腰来，一边取钱一边说，我算是白有你这么个侄子，老和你叔作对，你拿了钱赶紧滚……我知道我叔后面可能还有一个“蛋”，但我没时间让他说了，我掏出藏在草帽里的那把急躁的砍刀。我叔的脑袋就掉下来，砸在钱柜上。那声音其实也砸在我的心上。

我叔的脑袋还是发出了一声喊叫的，这比他大声咳嗽还要厉害。所以等我用褂子把我叔的脑袋包好，拿起两把盒子炮冲出屋子的时候，我那当翻译官的堂弟带着宪兵就包围了我。我的盒子炮就甩出了一梭子火，20 响，连发的，真过瘾。我一个后翻，上了房。跳下房去，就是城墙。我知道，田章和杜鹏就在城墙外面等我。我跳下房，我的右腿折了。不是摔的，是中了我堂弟的子弹。皓月当空，照着我疲软无力的腿。我觉得我的血就像月亮的光，诗意地流淌着。

堂弟和日本宪兵已经冲到了我的面前。我不可能再越过这道城墙了。

我把熊莞东的脑袋和我的盒子炮扔过城墙，然后拿起熊莞东的盒子炮，对准了我自己的嘴巴。

望一眼七月十五的月亮，我摟动了扳机。

聪明的斡旋

〇陈力娇

班级选五好家庭，选了五对，庞小亮家都没选上。庞小亮很愧疚。

问题出在庞小亮妈妈那儿。庞小亮的妈妈性格乖戾，脾气暴躁，不合群，没有亲和力。有一次班级的水桶坏了，同学去庞小亮家借，庞小亮的妈妈给拒绝了，不但拒绝，态度也不友好，庞小亮妈妈说，怎么不回你们家借，跑到我们家借，我们家又不是福利院。

同学回班级一学，庞小亮的脸“刷”一下就红了，他当时正出黑板报，一根粉笔掉地上摔了好几节。至此谁也不敢去庞小亮家。不但同学不敢去，庞小亮的叔叔姑姑也从不去。如去，庞小亮的妈妈和爸爸准会发生战争，有时是客人没走，有时是刚刚出门，前腿没迈出呢，后面玻璃瓶子抛了出来。

这样的日子对庞小亮有影响，但是他一点办法也没有。

一晃庞小亮初中毕业了，等高中录取通知书时，庞小亮管起了家事。这可不是好管的事。

这一天，庞小亮的表哥到他家来，听说庞小亮考高中有望，就从兜里掏出500元钱，对庞小亮的妈妈说，给小亮买点好吃的，庆贺庆贺。

庞小亮本以为妈妈会感谢他，没想到却听到了令他诧异的话。庞小亮的妈妈拿着钱，忽然脑筋急转弯一般，问庞小亮的表哥，这钱是你的？还是你早在你叔那拿的？你是来还钱的吧？表哥愣了，庞小亮也愣了。还是表哥老成，摆摆手，说，用吧用吧。谁和谁呀。说完站起身走了。

妈妈没有出去送表哥，庞小亮也没有送，他觉得他没法独自面对表哥。

表哥走后，庞小亮问妈妈，你怎么说话呢？人家好心好意的。妈妈回答，你懂啥，有钱他不会自己留着花，给你？庞小亮气坏了，他高声嚷，谁能交下你，凭钱都交不下你！妈妈说，黄鼠狼给鸡拜年，能有什么好心！庞小亮说，狗咬吕洞宾，不识好人心！妈妈说，你骂我。绰起身旁的水杯抛向庞小亮。庞小亮一边躲一边说，你压根儿就知道是他的钱，不是爸爸的钱，你故意把话拧着说，伤人家的心。妈妈说，知道怎么样，不知道怎么样，还不是羊毛出在羊身上！

庞小亮气哭了，他觉得妈妈太不讲道理了，太不尽人情了。而妈妈却像没事似的和别人煲起了电话粥。

这是一个不愉快的夜晚，这个夜晚庞小亮到凌晨两点才迷迷糊糊睡着。再醒来，庞小亮就病了，全身发烧，还不住地咳嗽。庞小亮的妈妈对别人苛刻，对自己的儿子还是蛮在意的，如不是庞小亮和她顶撞，她轻易是不打庞小亮的。

这会儿看庞小亮气喘得不行，就领他去医院。

在医院里，庞小亮打了退烧针，开了消炎药，止咳药。但是这些药对庞小亮都不管用。烧虽退了，他还是不住地咳嗽。而且越咳越厉害。夜里常常咳醒，后来发展到每半小时咳一次，咳起来时庞小亮流着眼泪不住地呕，胃里的东西全呕出来了。庞小亮的妈妈哭了，她说，儿呀，你这是怎么了？

庞小亮也不知自己怎么了。这病怪怪的，他自己心里也没底。但是他还是回答了妈妈。他说他想姑姑了。庞小亮已有两年没见姑姑了，前年见时，姑姑在街上卖土豆。见他，说，想吃去家里取吧，多取些。庞小亮没去取，取了妈妈也不会吃他们的东西，再说妈妈也不会让他去取。

现在庞小亮说想见姑姑，若是往常妈妈肯定不会同意。妈妈不知什么原因和爸爸的家族不共戴天，仿佛见一见他们，都能把自己烧得满身是泡。而现在不一样了，现在庞小亮病了，妈妈就这一个心肝呀。

妈妈就给庞小亮的姑姑打了电话。姑姑来了，给庞小亮带来了他最爱吃的火龙果。庞小亮边咳边把火龙果吃了一小牙。姑姑早年是医生，她诊断庞小亮的病不是炎症，是风咳，是过敏而来的。这让庞小亮的妈妈很吃惊。

一问庞小亮果真在和妈妈生了气后，去过郊外，他想让大自然平定他的心绪，不然他会瞬时爆炸。姑姑给庞小亮开了四味药，庞小亮的妈妈去药店买回后，把药熬了，庞小亮喝了。喝了庞小亮这一夜的咳嗽就轻多了。

为了观察病情，姑姑没走，住在了庞小亮家。一住就是一个星期，这是以往绝无仅有的。以往妈妈死活都不会这么做的。这期间庞小亮的叔叔们也来了几次，妈妈也没表现出反感，他们甚至还说了许多笑话。

庞小亮的病好了，姑姑也回家了。屋子里一下子又静了起来，妈妈独自面对庞小亮时，有些尴尬。庞小亮却很自如，他对妈妈说了两句话，说得妈妈站在那里思量很久。

庞小亮说：世上没有什么不能的，能的都是原来不能的。感谢姑姑。

开往春天的拖拉机

〇海　飞

白云从十八楼的窗口往下看的时候，看到了湖墅南路上的行人如蚂蚁一般在缓慢蠕动。春天的风开始在这个时候扬起白云的长发，办公楼里四处流淌着春天。白云是公司高层，白云的笑容却不多。心理医生柳生亲口告诉白云，你是典型的因为工作压力而造成的忧郁症，你必须学会放松。

白云给男朋友刘群打电话，说，柳医生告诉我，我是忧郁症。刘群在电话那头说，傻孩子，你没事儿，我在忙，我先挂了。刘群是一家公司的老总。刘群一直说很忙。刘群挂了电话，白云怅然若失地把手机收了起来。她看到楼下的如蚁人群时，身体晃了一晃。她想，我会不会像一片轻巧的叶，飘到楼下？

白云终于按照柳生的意思出行了。白云去了一座叫丹桂房的山村。那儿布满了云烟，像是世外的桃源。白云认识了黑土。那时候黑土穿着旧军装，开着一辆拖拉机，拖拉机上站满了小孩，他们在欢叫。拖拉机冒着烟，突突突地开进春天的最深处。拖拉机从白云身边开过，黑土看到了白T恤牛仔裤运动鞋干干净净的白云。白云笑了，她看到拖拉机停了下来，白云上车，拖拉机又开动了。拖拉机很快被汹涌的大片油菜花淹没了。白云和孩子们一起欢叫。

白云在丹桂房这座半山腰上的村里住了好多天。白云看着黑土带领孩子们种地，种下一片又一片的春天心情。白云又看着黑土给孩子们上课，讲故事。春日晴好，课堂搬到屋外的绿草丛中。春雨绵绵，课堂又搬回一间老旧的房子里。黑土用不太标准的普通话，为孩子们朗读了课文。白云坐在最后一排，她笑了，她看着腼腆的黑土笑。白云负责打钟，白云挥手打钟的时候，听到钟声传得很远。白云就想，这钟声刘群能不能听到？

白云后来知道，黑土居然是城里人，黑土当了兵，受了伤，回来了。黑土还在城里谈过恋爱，女朋友是开花店的女子。黑土后来失恋了，就来到了这儿，给孩子们上课，和孩子们一起过半农半读的生活。白云在油灯下静静地看黑土，黑土会拉二胡，黑土的琴音在很多个月色明亮的夜晚，像水一样浸湿了整座村庄。白云说，黑土，你怎么可以把二胡拉得如此忧伤。

白云的病好了，她带着一帮城市白领来这座美丽的村庄玩。他们烧野餐，拔春笋，钓鱼，把一个春天进行得无比混乱。黑土和孩子们一起，陪着这些白领玩，他们在草地上晒太阳，跳舞。刘群开着他的大奔来接白云他们，但是白云和朋友们没有上车，他们上了黑土的拖拉机。拖拉机突突地响着，载着他们驶过了春天，驶到了村口。

黑土来城里找过白云，因为白云帮他募到了一笔钱。黑土很兴奋，拿着装钱的信封很局促很腼腆很开心。黑土说，我要让孩子们住进好一点的教室。白云要给黑土买一身衣服，黑土说不用了。他们一起逛街，黑土说起了女朋友。黑土说，当初是我和女朋友吹的，不是女朋友离开我的。那天，白云远远地看到了黑土的女朋友：她和黑土站在花店的远处，眺望着一位姑娘在花店里招揽生意。黑土看到一个男孩在帮着姑娘，那大概是她的新男友吧。黑土笑了，笑着笑着眼泪下来了。黑土说，白云，你看我女朋友多幸福。

一年以后的春天，白云又来到了丹桂房。孩子们站成一排迎接她，他们的身后是大片的油菜花。不远的坡地上，一座坟前，放着醒目的杜鹃花。那是孩子们送给长眠的黑土的。黑土在部队救人受过伤，黑土知道自已得了绝症，所以黑土离开了女朋友到了丹桂房。黑土用过的拖拉机，停在不远的地方。

白云走到黑土坟前，微笑着，微笑着流着泪。她深深深深地弯下腰去，鞠躬。白云说，哥，哥，哥……

油菜花丛中，笑声漫了过来，白云和孩子们做老鹰抓小鸡的游戏。白云还学会了开拖拉机。柳生来看她，柳生笑了，说，白云，你的病好了。

白云给孩子们上课。白云打钟的时候，就想起了黑土，和黑土的青春。白云偶尔进城给孩子们买课本。白云去了那家花店，店里的女子，怀里有了一个孩子。白云就笑了，进去买花。白云说，有杜鹃吗？女子摇摇头，说，我这儿有玫瑰。白云说，杜鹃其实比玫瑰更玫瑰，如果你来丹桂房，你就看得到。女子觉得有些莫名其妙。

白云给孩子们上课，春天从四面八方包抄过来，把教室紧紧地包围了。不远的村口，一辆奔驰停在大树下。那里面坐着刘群。刘群后来开车走了，刘群车上的空椅上，放着一大叠希望工程受助孩子的名单。刘群是属于城市的，但是，他也有过一段错过的爱情。刘群回头的时候，看到了一辆开往春天的拖拉机。刘群知道，那是白云带着孩子们去上劳动课。

正义的眼睛

〇胡　炎

下午，天突然黑下来。阴霾厚重地压着，风也尖啸着扫过树梢，天地间充斥着风雨到来前的喧嚣。

父亲说："别走了，住一晚吧。"

我望着穹宇，点点头。

看来是上苍的意思，要挽留我和父亲多说些话。我从另一个城市来看望父亲。父亲已经老去许多，两鬓斑白，脸上的皱褶里叠满了故事。父亲已经给我讲了不少故事，但他的表情里分明流露着意犹未尽的遗憾。也好，难得这样放松地听父亲的故事，明早披星起程就是。

我重又坐下来，父亲便高兴地为我续上茶水，吩咐母亲做晚饭。"要丰盛。"父亲说，"我要和儿子喝两盅。"

客厅的空间很窄，倒暖和。我已离开父亲十年。我住大套的豪华住房，用保姆，而父亲依然初衷不改，旧式的家当陈列如初。毕竟是隔代的人呢，父亲似乎永远走不出历史，走不出那段岁月。

父亲说："官做得不小了，儿子。"

我说："都是父亲的培养。"便有几许得意，父亲的官到底没能做过我去。长江后浪推前浪嘛。

父亲说："感觉怎样？"

我说："良好。"

父亲便缄默，轻轻地抿着茶水。良久，父亲说：“我想让你看点东西。”

我说：“又是革命文物吧。”便笑，有几分不屑。

父亲未答言，只从里屋取出一个红漆斑驳的木箱来，小心翼翼地打开。里面用红布裹着一包东西，父亲掀开红布，原来是一摞旧衬衣。我不禁哑然失笑。

父亲说：“这是我大半辈子的衬衣。”

我揶揄说：“怎么，还准备将来让万民瞻仰？”

父亲沉着脸，说：“你数数，这衬衣上有多少洞？”

父亲便把衬衣一件件摆开来，先让我数最旧的那件。那件衬衣已近于文物，一不小心就可能分崩离析。

我数了数，说：“24个。”

父亲说：“是啊。24个，前面18个，后面6个。你知道这些洞是怎么来的？”

我说：“知道，是弹孔。”

父亲说：“不错，爸爸当了多年兵，是敌人给的。可爸爸没有倒下。”

我感觉父亲正在历史中游走，没准这会儿还在硝烟中经历着血与火的战争。

父亲把衬衣抻开，让我一一数着各件的弹孔。后来数到最上面的两件了，越靠上弹孔越少，它标志着和平年代的安居乐业。但是每件衬衣上至少还有一个弹孔。

父亲说：“这不是敌人给的，是犯人给的。”

我说：“您是个好公安。”父亲解放后干了公安，直到今天。

父亲不语，反复地摩挲着最上面的那件衬衣。那件衬衣上只有一个洞，是从腹部打进去的。父亲这么摩挲了半晌，吸着烟，喑哑地说：

“你弟弟，就是我穿着这件衬衣送上刑场的。”

我默然。父亲的眼圈红了，烟也吸得凶，我说：

“都是过去的事了，弟弟是自作自受，用不着难过。”

父亲喷了口烟雾，定定地望着我，说：

“你是我唯一的儿子了。”

我的眼睛有几分模糊，低下了头。

父亲默默地整理着衬衣，重新叠好放进木箱，盖上盖子。这时，父亲突然响亮地说：

“知道为什么我总是打不倒吗？就因为有这些弹孔。这弹孔就是一只只正义的眼睛，万恶不侵！”

我几乎不敢正视父亲，便转脸望着屋外。天已黑下来了，只剩了悲壮的风声。我的心莫名地颤抖起来。

“叮……”手机响了。我打开，一个滑腻的声音钻进了我的耳朵：

“喂，侯局长，今晚八点半，红都夜总会……”

我关掉了手机……

流　萤

○王　往

冷月高悬，涛声呜咽。

他扶栏悲叹。

一点微弱的莹光在江心闪烁，飘遥不定。

他的眼角似乎有点湿润。

此景此情令他想起了自己那首曾在不小的范围内轰动的诗作《流萤》。

流浪的精灵啊
你为何对黑夜情有独钟
借你灵巧的翅翼
请带我去年轻的梦

年轻的梦？他苦笑着，摇摇头。

《流萤》的光芒耀亮他和她无数个平平淡淡的日子。也许，流萤的光的确是微弱的，总是要消逝的。最终，他和她分手了。她厌倦了拮据的生活，走出了他的诗梦。

他带着孩子，依旧做他平凡的工作，过他平淡的生活，写他平静的诗。去年，他出了一部诗集，却花去了数年的积蓄。

孩子考上大学了，他却缴不起学费。孩子一气之下离家出走了。

昨天晚上，他看电视，珠海抓了一伙文物贩子，其中有一个正是他的孩子……

流浪的精灵啊
你为何失去了行踪
难道我年轻的梦
将陷在这沼泽之中

流萤在风中闪忽，他闭上双眼，跨过了栏杆。

醒来的时候，一个小伙子坐在他床前。

医生告诉他，就是这个小伙子救了他。

“李老师，您还认识我吗？”

他轻轻地摇头。

“那年，我刑满回来，觉得活着没指望，也就在你今晚落水的地方，我一只脚刚跨过桥栏的时候，是你拉住我。你和我谈了好多道理，还抄了一首《流萤》的诗给我呢。那首我记忆可深了……”

他点点头，紧握着年轻人的手久久不放，哽咽得说不出话来。

兔子的复活

○陈　敏

从店铺里出来走到家门口，我看见我们家的小狗毛毛拖着一团毛茸茸的东西正一步一步向我走来。等毛毛近时，我才发现它嘴里叼着的竟是一只小白兔。小白兔的绒毛乱乱的，身子僵僵的，明显已经死了。

我一下子慌乱起来。我知道这只小白兔正是邻居乔姨心爱的宠物，乔姨特别喜欢小兔子，还给它取了一个高贵的名字"格格"；乔姨天天不厌其烦地给它洗澡，让"格格"雪白的绒毛一尘不染；她每天一大早就去市场买最新鲜的菜，然后经过细心的消毒处理后才喂给"格格"；乔姨说：未经消毒的菜"格格"吃了会拉肚子。

我把死去的兔子拿在手里看了一遍又一遍，心里很难过。告诉实情吧，又怕乔姨伤心；赔偿给她吧，这邻里邻居的，也很难为情。思来想去，别无良策，唯一的办法只有一个：我把兔子的重量掂了又掂，又用尺子把它的耳朵长度量了又量，然后把兔子埋在我家的后院里。

现在是午休时间，乔姨照例不会出门，补救行动都还来得及。

我太熟悉"格格"了，红红亮亮的眼睛，小小的豁嘴吃起东西来一掀一掀的，着实令人喜爱。

事不宜迟，我立刻去"宠物世界"买回来了一只和"格格"在外形特点上一模一样的小兔子，并把它悄悄地放回到乔姨的兔笼里，然后又把毛毛狠狠地教训了一顿并用绳子拴了起来。

下午，乔姨起床了。她在屋外大声地喊我的名字："春子，你知道我家'格格'死了吗？"

我急忙奔出来说："什么，'格格'……它死了！怎么会……不是挺好的么！"

"你说，这是不是出了奇事了？"乔姨大声说道，"今儿一大早，我去给'格格'喂食，发现它已经死在笼子里，我很难过，谁也没有告诉，就把它埋到我家后院的大槐树下了，可现在它怎么又复活了呢？你看这奇不奇怪呀，我这该不会是在做梦吧？"

我怔在那里，心里七上八下的，想说的话到了嘴边又全都咽到肚子里去了。

乔姨边说边去抱那兔子，一脸疑惑与喜悦的混合表情。她用手一遍又一遍地梳理着兔子的毛，还翻看了它的肚子，说这只兔子是雌的，就是她们的"格格"。她还抱着兔子去后院大槐树下查看了她埋"格格"的地方，说她埋在坑里的兔子不见了，"格格"确实是活过来了。

"格格"确实"复活"了。看到乔姨一脸喜悦，我也感到如释重负。

日子就这样又恢复了往日的平静。

两星期后的一天下午，我和乔姨在我家后门的台阶上闲聊，一不留神，让毛毛给蹿了出去。

不一会儿，毛毛回来了，它把一团腐烂的、脏兮兮的兔子尸体叼到我和乔姨的面前。

我和乔姨面面相觑，一下子都愣在了那里，半晌没说一句话。

八号风球下

○东　瑞

八号风球猛烈地袭击着香港这个小岛。

天色很暗，这一带木屋区在暴风狂雨之下，飘摇欲坠。这一天不用上课，朱明生老师的小房亮起了灯。

他正在全神贯注地伏案批改作业。可是风声、雨声、锌片屋顶的稀里哗啦声，声声入耳；孩子吵闹声、电视广播声、音乐声，也声声烦人。设在阁楼的这小书房，小得只能放一张写字台，坐一个人。他隐隐约约觉得屋子在摇，他分明看到屋顶震摇得快被掀开了。看看玻璃窗外，湍急的雨水迅猛地从山上向下流，那土坡正在蠕移，快要崩塌了……他轻轻叹一口气："不会那么坏吧，不要担心。"他这样安慰自己，继续批改学生作文。

刚改了一本，他又胡思乱想："这住的迟早要搬……"

朱老师入校任教不久，家里大小口有许多张，太太身体不好……教师应有的那些好待遇，他还没享受到。

此刻，他又强作定神，打开另一本作文簿。

作文题目是规定的："八号风球下"。就在一星期前，八号风球袭港，他给同学们出了有关八号风球的作文题，要他们谈些看法和感受。那么巧，今日又是八号风球。

有好几位同学都写得不错，他们目光远大，胸襟宽阔，朱老师读了深受感染，给他们打上不低的分数……这时，翻到新一本，他读到头一句就这么写着：“八号风球真好，又不用上课了。”他正欲读下去，忽听得玻璃窗喀嚓一阵响。抬头一看，玻璃窗已被震裂，碎片纷纷散落。朱老师慌得抓住一片方板，挡住那窗口玻璃破碎处。

他继续读那篇作文：“每当八号风球来到，我喜欢睡懒觉。要不然呢，就听听音乐……”读到这儿，朱老师又被一阵巨响所打扰。屋外的狂风这时大施淫威，猛然一刮，将一片锌片刮到阴沉的天空去了。雨，从那露天的一角扑进。“屋破得这样了，毫无办法可想。”朱老师想，继续看那篇作文：“要不然呢，我喜欢看看窗外风景。八号风球下的海真有气势，真美啊！”

看到此，朱老师不能不翻看写这篇作文的学生的姓名了。一看，是洪成平的。他记起了，他的家住在浅水湾畔那一列三四层高的别墅群之中。“我该给他打几分呢？”朱老师知道洪成平的父亲并不好惹，常为儿子学业的恶劣怪罪老师。

继续读下去：“八号风球下的窗外风景，雄壮美好！”刚读完这一段，朱老师抓笔的手停在半空，就听到楼下妻儿凄厉的尖叫，他看到窗外，泥坡向下塌去，一股很大的泥流迅猛地朝自家滚涌而来……

回　乡

〇芦芙荭

谭小石带着朗朗回到梅镇的时候，梅镇刚刚经历过一场秋雨。镇子街道上的积水还没有干，一团一团的积水，如同一面面镜子，把远山近影尽收其中。一眼望去，那窄窄的街道，就跟一幅幅画一样，格外好看。

朗朗走在谭小石的身边，就像一面旗帜一样鲜艳夺目。他们跳过一潭一潭的积水，那左蹦右跳的样子，就像一对行走在画上的蚂蚱。镇子上男人们的目光在那一刻仿佛变成了一双双贪婪的手，开始在朗朗的身上摸来摸去。

谭小石就是这样在人们羡慕的目光中，带着朗朗从梅镇的街道上向家里走去。

对于谭小石要回梅镇，镇子上早有了传闻。一种说法是，谭小石这么多年在外面开了公司赚了很多钱；还有一种说法是，谭小石在外面替人坐了几年牢，人家给了他一大笔钱。但不管怎样的说法，有一点是可以肯定的，那就是谭小石有了很多的钱。

谭小石是在十年前离开梅镇的。谭小石是个孤儿，家里很穷。有句话叫穷凶极恶，谭小石当时就是那样。镇上的人都还能清晰地记得谭小石被村长拿着大木棒赶走时的情形。村长家的东西丢了，村长一口咬定是谭小石偷去了，他提着一根木棒子追打着谭小石。那天，天上正下着雪，谭小石赤着一双脚，像一只被猎人追赶的兔子一样，在雪地上跑着。他就是那样在村长的追赶下跑出了镇子，跑出了人们的视线，从此再没有回来。

没想到，谭小石在十多年后，又回来了，而且是以一个有钱人的身份回到了梅镇。

谭小石回到梅镇的第一件事，就是要在老庄子上重新盖几间新房起来。他再也不会离开这地方了。梅镇对于谭小石来说，虽然有恨，但更多的还是爱。他心里比谁都明白，那时，与其说是他去偷别人的东西吃，不如说是大家在用另一种方式送他东西吃，镇子上的人家，几乎都是把吃的东西放在他能看得见的地方，让他偷去了吃。谭小石离开村子十多年，但他也把这份感激在心里酝酿了十年。

现在，他终于回来了，他要把这份感激变成一种回报。他和朗朗找到镇子上最好的酒馆，订下了最好的酒席。之后，谭小石和朗朗挨家挨户地送去了请柬。

让谭小石没有想到的是，开宴那天，镇子上的人好像商量好了似的，都没有去赴他的宴席。

那一刻，谭小石的心凉到了底。他看着镇子上那一个个让他心存感激的人，觉得他们是那样的陌生。他是诚心诚意的，竟然没有一个人领情。他弄不明白这是为什么。

更让人想不到的事还在后面。

谭小石将老房子推倒了，他准备在老庄子上起新房时，他掏钱都没有人愿意来帮他的忙。朗朗看到这种情况，劝他回城算了，他们的钱足够他们在城里挥霍一生的，可谭小石说什么也不同意。他坚信镇上的人迟早是会接受他的。

镇子上的人不愿帮，谭小石去别的地方请来了建筑队把房子盖了起来。

搬进新房的那一天，谭小石买了许多鞭炮，那噼哩啪啦的鞭炮足足响了半个多小时。镇子上的人都远远地站在那里看热闹。

在鞭炮声中，一辆卡车从公路上开了过来，在谭小石的指挥下，那车开到了谭小石的新房后面。那里不知什么时候已修好了一个鱼塘。几个年轻人从车上跳了下来，他们是给谭小石送鱼苗的，那鱼苗被倒进鱼塘的那一刻，整个鱼塘都沸腾了起来。

谭小石本来想对看热闹的乡亲们说，等鱼养大了，在家想吃鱼了就来，可他的话终究没有说出来。他发现所有人的目光都是硬硬的，冷冷的，仿佛上了一层锈，结了一层霜，没有一点热情。

谭小石住进新房刚刚三天，那乔迁的喜气还没有挥洒干净，新房的玻璃却在一夜之间，被人用石块打碎了大半。这事很快就在梅镇传开了，看着镇上人那幸灾乐祸的神情，谭小石什么也没说，他悄悄地去买来了玻璃重新装上。

可事情并没有完。过了一段时间，谭小石专门买来看鱼场的狗，就口吐鲜血，死在了鱼塘边。这一次，朗朗不同意了，她哭着闹着要回城。她说她不想这样提心吊胆地跟谭小石过日子了，要么谭小石和她一块回城，要么她就一个人走，反正她是不会再在这儿待下去了。

谭小石好说歹说，连哄带骗地，总算把朗朗留了下来。也许是这一次真的有些过分了，当谭小石拉着朗朗从街上往家走的时候，他见许多的目光都是闪闪烁烁的，好像要向他证明，这一切不是他们干的。

谭小石息事宁人了。

经了这几次事情之后，日子总算安静了下来。镇上人对谭小石最初的那种抵触和仇视，也慢慢地得到了改变。鱼塘里的鱼也开始一天天大了起来，谭小石见了镇上的乡亲，就面带笑容地向他们发出邀请，他让他们想吃鱼时就去捞。他甚至将鱼捞好给那些年长者送上门，可还是没有人领他的情，那些被他送上门的鱼，要么让他们丢了喂了狗，要么就那样挂在门前的树上，看着一天天地烂掉。

潭小石觉得他的心在一抽一抽地痛。既然没人吃他的鱼，那就卖吧。

谭小石就开始天天地张罗着联系买主。

那些天，平时门可罗雀的谭小石的家里，一下子热闹了起来。不停地有人来，有人去的。

偏偏就在这时，又出事了。

那天早上，谭小石陪着头天晚上赶来买鱼的鱼商到鱼塘看鱼时，鱼塘的鱼全都白花花地漂在了水面——谭小石的鱼塘被人下毒了。

镇派出所的民警来了。镇上所有的人也都来看热闹了。

派出所所长一边吩咐民警们查找线索，一边安慰着谭小石。谭小石脸上的表情十分的绝望，他将小鱼筏划到鱼塘中间，一言不发地将那些死鱼，一条条地捞起来扔到岸边。

面对这种情况，所有人的目光都流露出了一种同情，不知是谁突然喊了一声，咱都去帮帮小石吧！于是所有的人都奔向了鱼塘。

毒鱼案最终没有破了。或许是同情的缘故，梅镇上所人的人突然就改变了他们对谭小石的看法，他们没事了就去谭小石家坐坐，他们还自发地去帮谭小石修整了鱼塘。他们开始抽谭小石的烟了，喝他的酒了。更有激进一点的三天两头地到派出所去问案子的情况。有人甚至当着派出所所长的面骂他，说他无能，连这样的案子都破不了。

只有派出所所长心里明白，这案子他是一辈子也破不了的。因为从砸玻璃那件事起，一切的一切，都是谭小石自己策划，自己干的。他砸了自家的玻璃，他毒死了自家的狗，他毒死了自家那一塘的鱼。他没有别的想法，他宁肯花钱，也想和这些曾经有恩于他的乡亲们融为一体。

老人与狐

〇孙春平

德四爷听说大山里出了一只白狐狸，起初还有些不信。这些年，莫说白狐狸，山里连跟土疙瘩差不多颜色的土狐狸都寻常难见了，扯玄吧。但后来听人说得多了，一个个信誓旦旦的，比如时间、地点，白狐的身子多长尾巴多大，长着啥样的嘴脸儿，谁谁谁亲眼见了，又谁谁可以作证，就不能不犯些琢磨了。

也不是德四爷见钱眼开，家里实在太需要钱了。德四爷的儿子上山打石头，被滚石砸死了，扔下一个孙子。孙子脑子好使，书念得好，正在县高中读高三呢，来年夏天就考大学。儿媳妇一次次带孙子来跟老人商量，说这孩子还考不？一年光学费就得好几千呢。

下了第一场雪后，德四爷在夜里带家里的黑子上山。狐狸是昼伏夜出的动物，多在夜里捕食野鸡山兔或田鼠，他还知道狐狸爱在什么地方选穴藏身，雪地里狐狸只要出来打食，则必留痕迹。那天夜里，他正在一片荒草掩映的乱石滩中搜寻着，便见黑子耳朵支棱起来，神情变得格外警觉。德四爷估计狐穴就在附近，开始琢磨该在哪里下套设夹了。

突然间，一道白光从石丛中闪出，直向山梁上奔去。黑子汪汪叫着，腾身飞快追奔。但很快，黑子就回来了，一副垂头丧气又很惭愧的样子。德四爷摩挲摩挲狗脑袋，算是安慰它。黑子也老了，又多年没跟他出来狩猎，已远不如狐狸敏捷，怪不得它了。没想，黑子又叫起来，腾身又追，眼见不远高岗处，那白狐竟立着身子往这边张望，直到黑子到了身边，才又一闪而去。黑子再回来，白狐也回来，如是三番。德四爷陡然醒悟，没等黑子再追，便喝了一声："黑子，回来！"

德四爷带黑子在附近石丛里找，果然找到一处洞穴，推开石块，就见一只长有尺余的小东西跳出来。黑子腾身一蹿，将小东西按在爪下。嗬，奇了，小狐崽子竟也是通体雪白，稀罕啊！德四爷脱下身上的褂子，将小白狐罩住，用褂袖绾了绾，便提在了手里，转身往家走。他心里得意，不由叨念了一句戏词，狐狸再狡猾也斗不过好猎手啊！刚才，白狐一次次返回，就是想把他和黑子引到别处去，目的是掩护这只小狐崽，这回好，狐崽到了我手，就等于让我牵住了白狐的鼻子，你逃不出我手啦！

德四爷回到家里，从兔笼里揪出家兔，将小狐放进去，又用铁丝将笼门牢牢拴死，然后拍拍黑子的头，就回屋睡觉了。他知道，那只白狐一定会远远地跟在后面，但今夜它只会在村外转，不会追到家门口来。明夜，母狐就会不顾生死地跟过来了，那时再在院子四周下套子夹子。天亮时开门再看，笼子前竟有三只野鸡两只山兔。这是想讨好德四爷呢，还是乞求德四爷替它喂喂饥饿的小狐？

德四爷却偏让小狐饿着，也不给它水喝。小狐饥渴难耐的叫声是牵制白狐的最大诱饵，只有让狡猾的白狐彻底乱了心智，才有可能最后将其擒获。饿了两天加一夜的小狐的叫声果然渐渐弱下去，当夜幕再一次降临时，已是偶尔挣扎着嘶叫一两声了。这一夜，月色又不错，德四爷眼见着白狐闪进了院子，在院心焦躁地转了一阵后，让他做梦也想不到的一幕出现了。白狐突然正对着房门的方向，伏下了身子，两只前爪平伸着，脑袋就伏在那两爪间。它这是干什么？德四爷怔了一会儿神，提了棒子轻轻拉开房门，那白狐竟仍伏在那里不动。是它没有察觉动静吗？不会，绝不会的。德四爷蹑手蹑脚，一步步走向白狐，清晰地看到白狐大瞪着一双黑葡萄样的眼睛，正无所畏惧地迎望着他。德四爷举起了棒子，看到白狐身子微微抖颤了一下，却仍不躲也不动，只是把眼皮轻轻地合上了。德四爷大惊，也顿时明白，白狐引颈受戮，想以此乞求德四爷放掉她的孩子。可怜的白狐，她再没有别的办法，只求一死啦！德四爷高举的双臂不由软下来，长长叹息一声，就把棒子丢下了。天地之间，人与兽，都是血肉身躯，同情同理。那一时刻，他想起儿子刚死时，老两口悲恸欲绝的情景，老伴儿叨念足有上万遍：老天爷，让我死了吧，只求换回我的儿子……

德四爷从菜窖下提出兔笼，打开笼门，小狐蹿出来，就往白狐身上扑，那种绝处逢生、母子重聚的情景看了让人心热。白狐护定小狐，一直牢牢望着德四爷，那神情说不出是感恩戴德还是不相信眼前的事实。德四爷摆摆手，说："走吧，远点儿走，别再让那些人寻摸着你们啦。"

白狐低叫了一声，小狐便跳上了母亲的脊背。白狐跳到院门口时，又转了几个圈子，然后立起身，合起两只前爪对德四爷作了个揖，便驮着小狐钻进夜色中去了。

老人回了房里。隔窗将这一切都看在眼里的老伴儿说，放得好，多少钱值这一片心啊！

德四爷没有分辨老伴儿这话是在赞白狐还是夸自己，这一夜他睡得格外香甜。

不跪的人

〇秦德龙

说来说去，大刚就是一头倔驴。因为他梗着脖子，不肯下跪。别人都跪下了，就他不跪，你说他是不是倔驴？

老爷子正在手术室急救。家里人已经跪倒了一片。家里人一遍又一遍对着手术室祈祷：保佑啊保佑，如果有1%的希望，一定要100%地抢救啊！

真的，不跪不行了。不跪，万一手术进行中，医生接打电话怎么办？万一医生中断了手术，提出请专家会诊怎么办？万一肚子打开了，专家来不了怎么办？跪吧，该跪一定要跪。没听说过吗？河北有个农民，遭遇车祸，同伴在风雪中12次向人下跪，竟无人理睬！还有，手术中，医生把纱布留在肚子里了；剖腹产，刀口突然开线了；拔牙，把好牙拔掉了……这样的怪事多了！跪吧！跪，体现着家属的态度，看在苦苦哀求的分上，医生那颗冷酷的心，一定会泡软的！

可是，亲属们都跪下了，只有大刚不跪！

大刚啊大刚，你为什么不跪呢？你不想救老爷子了吗？

大刚一言不发。谁都不知道他心里想什么。难道，他真的是驴子托生的吗？

“大刚啊，如今这社会，住房要下跪，吃低保要下跪，上学要下跪，打官司要下跪……干什么事不下跪呢？你跪下了，又能怎么样呢？救的可是老爷子呀！”有人数落着大刚。

大刚的泪水下来了，可他只流泪，不下跪。

“你以为你是谁啊？人命关天，你还讲什么尊严？”

铁塔似的大刚，黑着脸，流着泪，仍然不跪。

“这年轻孩子，膝盖骨真硬。”

简直拿他没法子了。不跪就不跪吧，不懂事就不懂事吧。亲人们都不理睬大刚了，都当他可有可无了，都望着手术室发呆，期待医生妙手回春，把老爷子从黄泉路上拽回来。医护人员不时地穿堂而过。他们看到有人下跪，但并未在意有一个不肯下跪的人。

几个小时后，护士把老爷子从手术室推了出来。

手术成功了！那些曾经下跪的亲属，来到医生办公室，再次跪倒成一片。他们感激涕零，一遍遍表达着谢意。大刚还是没跪。他站在门口，睨视着眼前发生的一切。

医生矜持地笑着，开出一个很长的账单。可是，那些下跪的亲属，却没谁接账单。大刚伸手接过账单，默默地到收费处交钱去了。

老爷子苏醒过来了。那些曾经下跪的亲属，纷纷讲述了自己下跪的体验，有人还扒出膝盖，叫老爷子看下跪的部位。

老爷子苍白着脸，淡淡地笑着，什么都没说。

只有大刚，没向老爷子谝什么下跪的经历。他也没资格谝。没下跪的人，没资格谝下跪的事。老爷子并没责怪他。看起来，原谅他了，不计较他了。

谁都没想到，老爷子的病情会反复。一天夜里，老爷子还是被鬼捉去了，医生再无回天之术了。

这就怪不得医院了。

在老爷子的葬礼上，孝子贤孙们哭成了一片，也跪倒了一片。只有一个人没跪，这个没跪的人，还是大刚。他只是用手抹眼泪，将眼睛抹得通红，如一只无奈的兔子。

有人看不下去了，绕到大刚身后，一脚踩了过去。“扑通”一声，大刚被踩倒了，踩成了跪姿。

人们不哭了，看着跪下的大刚，忍不住笑了。

大刚跪着哭了起来，号啕大哭。哭了一会儿，有人把大刚扶了起来，拉到了板凳上坐下。大刚拆下那条被踩的假腿，看了看说：“踩坏了，得去假肢厂重配。”

人们望着被踩坏的假腿，什么都不说了。

人们都知道，大刚的那条假腿是怎么来的。大刚被一个开车的老板撞了，亲属们在老板面前跪了三天，老板赔了他一条假腿。

“赛福兰”

○申　平

“赛福兰”是我的大学同学。“赛福”是英文音译，意思是小偷儿。兰呢，自然是他的姓氏。

“赛福兰”来自某地贫困山区，头发黄黄，粗手大脚，穿着破旧。好在那时的人还不怎么敢歧视乡下人，贫穷有时还会得到一点尊重，所以“赛福兰”在班里并不自卑。尤其是上劳动课时他表现出色，还受到了辅导员的表扬哩。

千不该万不该，他不该干出“赛福”的勾当来。

那日晚，在教室自习罢回寝室，骤然发觉寝室里空气万分紧张。寝室长说：好了，现在大家都回来了。我现在说件事，有人拿了郑一同学的钱，肯定就是我们10人中的某人干的。谁拿了，现在承认还来得及……

所有的人都惊呆了，你看看我，我看看你，谁都不相信，大学生中还会有人偷东西。

沉默，长久的沉默。

寝室长说：好，没人承认，那只好搜了，每个人都要搜……

这时有个同学说：等一等，我憋不住尿了，能不能等我上完厕所之后再搜。

另一个同学也说：我也憋不住了。他妈的谁这么缺德呀，好汉做事好汉当嘛，害得大家都成怀疑对象了！

经批准，两个人结伴出去了。这时就见赛福兰从床上跳下来说：我也去。随后拿个脸盆追了出去，过了一会儿，那两个同学回来了，赛福兰却没有回来。问他们，他们说没见到他。正说着，赛福兰也进来了，端着脸盆，里面放件衣服。

不用说，赛福兰成为重点怀疑对象，大家互相搜查过后，又去水房搜查，但什么也没有搜到。

奇的是这天夜间，郑一的钱又自己长腿跑了回来。这下郑一又说不清了，有人怀疑他压根就没丢钱。郑一为证明自己清白，这天单独把赛福兰约了出去，也不知他采用了什么手段，反正赛福兰承认事情是他干的。郑一当着寝室同学的面把他打了一顿，从此“赛福兰”的绰号便诞生了。

从此，寝室同学都对他格外警惕。

赛福兰旧病复发，是一年以后，和他并排住在一起的一个学生丢了粮票，不用说也是他干的。

尽管这次他死不承认，但寝室的同学还是对他采取了“革命行动”，把他的行李物品全扔出门去。他只好在走廊上蜷缩一夜，引得整个宿舍楼都轰动了。

这件事不仅惊动了辅导员，也惊动了院长。院长亲自来到我们寝室对大家说：“对他的行为我们要处分，但还是要给出路。我曾在他家乡一带下过乡，知道那里出个大学生不容易。”

但是全寝室的人寸步不让，院长和辅导员只好把他安排去别的寝室。不久，学校给了他“留校察看”的处分。

但是时隔不久，赛福兰又跑到学校旁边的果园去偷吃苹果，被人家捉住押到学校里来，把全班人的脸、大学生的脸都丢尽了。

于是，我们发出怒吼，贴出大字报，发起了一场“驱兰运动”。但院长却岿然不动，他说：“驱兰运动，嘿嘿，这是什么运动，真是笑话！”

接下来便有传言，说赛福兰和院长有亲戚关系。正当我们要给院长贴大字报时，上头却不允许再贴什么大字报了。“驱兰运动”宣告失败。

从那时直到毕业，赛福兰一直很老实，他终于拿到了毕业证书。

再见到赛福兰，已是二十年以后的事情了。这时的他，已是一位高级工程师了，早有了温暖的家庭和辉煌的事业。他的穿着打扮和外貌气质，也早已不见了当年的猥琐。

见到同学，赛福兰似乎有点不好意思，轮到他发言，他走到台上去说：“当年由于我家庭困难，给同学们添了不少麻烦，在这里我向同学们道歉，并感谢大家对我的帮助。”

他一连给大家鞠了三个躬。

大家回想起当年的“驱兰运动”，这才发现院长的伟大之处。我们对老兰说：你应该去给院长鞠躬才对。

老兰说：在他坟前，我已经这样做了。

神针李

○杨小凡

嘉庆年间，药都曾有一任知府——李廷仪。李知府生得眉清目秀，本是当朝榜眼。但因吏部关节未通，只放了个知府。

好在他是个心胸豁达之人，终也走马上任了。

到任不久，他便一身青衣独出衙门，被这古城闹市所迷恋。

走着，走着，忽见街旁一白眉寸余、白须过胸的老者正给一妙龄女子看病。举目望去，只见老者头上悬一迎风飘舞的布旗。上书：专治未病之人，神针李。

李廷仪弯腰蹲下。“无病何须治，庸医自扰之。”说罢，折扇轻摇。

“世上无无病之人，病之显现有先后尔。”老者瞑目自语。

“先生，我病在何处？”李廷仪一脸的讥诮。

老者白眉微挑，审视片刻后又瞑目自语：“观你病在满字。”

任李廷仪再三追问，老者仍不再言语。

话说，三年之后，李廷仪李知府突患怪病：肚鼓如牛，叫春猫一般地苦叫不止。遍请百里名医，均摇头而退。李廷仪忽然记起三年前老者所言，便立令去寻。

李廷仪又嚎了三天三夜后，老者终至。

“三年前，我观你双目曲光，必定性贪，故断你病在满字。今日验否？”

在李廷仪家人和衙门上下的哀求下，老者让其侧卧后，忽从空竹杖中取出一枚两尺半长的银针。

“如此之针，拿你的命来。”说话间，银针穿肚而过。只听李廷仪一声厉叫，肚里的脏水哇地喷将出来。

在众人的惊诧之中，老者悄然而去。

说来也怪，老者离去后，李廷仪所喷洒之青石地面，长出一块块银元状的圆圈。

李廷仪病愈后，就命人扒出带圆圈的青石，在背面刻上“戒满”二字，立于州府门前。

李廷仪后因清正廉洁而官至正二品，那是后话。

知情人说，这满字牌现仍存于药都博物馆之中。

天下第一棋

○曾　平

俄罗斯人犯我西北边境，将军提兵西征。

军旗猎猎，战马嘶鸣，不破楼兰誓不还的军队宛如一条长龙飞向西北。将军的豪情映红了西北的天空。

一座茅舍挡住了大军的去路。茅舍前有一老者，老者前，是一道石制的棋。将军哈哈大笑，将军笑的是茅舍上悬挂的那块匾，匾上赫然大书“天下第一棋”五个大字。

将军嗜棋。将军说棋场就是战场。将军的棋就像他的兵们，攻无不克，战无不胜。将军杀遍天下，再强悍驰名的棋手，在将军的纵横驰骋面前，无不纷纷落荒而逃。将军才是真正的“天下第一棋”。将军没有对手，将军常常发出挺孤独挺孤独的慨叹。

军情如火。但那五个字同样燃起将军熊熊的火，是征服的火。将军的火旺得很。将军说，一屋不扫，何以扫天下？

将军在棋前坐下，将军下完棋马上挥师西进。

将军很快纹丝不动，如老僧入定般。老者的棋的确和鬼魅无异。将军从未遇过如此对手。老者的棋杀机四伏，陷阱重重。将军的面前处处是万丈深渊。汗水浸泡了将军的袍，将军的嘴发出山摇地动的吼。将军有一颗不屈的心。将军的棋像一只矫健凶猛的鹰，老者的杀机浓，将军的杀机更浓。老者的诡计花招多，将军的计谋妙着更多。

数十万雄师似乎正历经着一场惨烈的征战。

将军的豪情把西北的天空映得通红通亮。将军数次陷入绝境，老者数次叫嚷着要将军缴械投降，不就是一盘棋嘛！将军的咆哮让三军群情振奋，将军吼，棋场就是战场，战场只有断头将军，绝没有投降将军！

将军数次“山穷水尽疑无路”，但将军次次都能“柳暗花明又一村”。

三局下来，将军三局皆胜。将军在败中胜，险中胜。

老者摘下“天下第一棋”的匾，老者说，将军才是真正的“天下第一棋”。老者说，将军胜在心，将军有一颗必胜的心，再妙的招，遇上将军的心，只有败。

将军哈哈大笑，挥师而去。

西北的战争进行得很惨烈。将军险象环生数次陷入绝境，但将军那颗必胜的心把西北的天空映得彤红彤亮。三军说，将军身上有一股气，是不服输的气。将军最终打败了俄罗斯人，收回了国土。

将军凯旋回朝。

那座茅屋仍挡住将军的路。还是那道石制的棋。“天下第一棋”的匾仍赫然挂在茅舍。

将军有些生气。将军令人取下那匾。老者不让。

将军又坐在先前的位置。将军的棋比先前更加强悍。将军的棋挟有西北大捷的雄风。但将军很快三盘皆输，并且输得很惨。

犹如一阵冷雨，劈头盖脸打在志得意满的将军身上。

将军问，老丈何以先前让我，何以现在不让？

老者静静的，话语如禅。老者说，棋事如战事世事，山外有山棋外有棋啊！先前让将军，是为西北边境计，今将军凯旋，不让将军，是为天下苍生计啊！

老者的话将军似懂非懂，将军约定，等回朝拜谢天子，再来谈棋。

将军恭恭敬敬将那块“天下第一棋”的匾，挂在老者的茅舍。

半年后，脱下征袍的将军微服来到先前的地方，茅舍仍在，“天下第一棋”的匾仍在，但哪里有老者的影子。四处寻访，哪里寻得着。

望着那块“天下第一棋”的匾，将军的心空空荡荡。

打　杏

○张晓林

二米是圉镇的老住户了。他家屋后的园子里，有棵已上了些年头的杏树。一到麦黄梢，枝枝丫丫便都缀满了黄澄澄的杏子，再有溜溜的小南风一吹，香气直醉人。

该打杏了。

二米的脸子也乌青下来了。

因为每年的这个时候，老杏树下就会晃动着一支高低不齐的小队伍，他们手里拿着各式各样的武器，什么小竹篮啦，小提兜啦，有的甚至把磷肥袋子、化肥袋子都掂来啦！

脸乌青归乌青，二米还得给这些武器乖乖地装上弹药，他得罪不起这支小队伍。就说站在小队伍前面的那个小酒糟鼻子吧，他就是村长的二公子；再往后数，小平头，村治安主任的小垫窝；斗鸡眼，村会计的独苗苗……

眼下，杏子金贵得很，一斤能卖一两块呢！可这又有什么法子呢！从二米记事起，每到打杏，他父亲就会挨家挨户对村里的头头脑脑说："让孩子拿个东西，去尝尝鲜吧！"这好像是一个约定俗成的规矩了，二米一下子也无力打破。谁叫你二米在人家手下过活呢？又谁叫全村就这么一棵杏树呢？

每回看着小队伍走散，二米只能用一些恶毒的咒语来发泄一下内心积存下来的怨恨。

“吃吧，吃吧，吃了让你们吐血屙脓！”

不想，这一年，咒语竟灵验了。

吃罢杏子的小公子哥儿们，都不明不白地流起了鼻血，发起了高烧。

村长、主任们慌了手脚，连二米也有些心慌，实在闹不清这是怎么回事。

村长、主任把二米叫到了村委会，他们怀疑二米捣了鬼，叫二米放明白点，老实交代。

二米就懵头懵脑地交代出一个故事来。

他说他三天前做了一个梦，梦见老杏树变成了一个白胡子老头，对他说，它成了仙，人们吃它、啃它这么多年了，也该敬敬它，上炷香了。不然，它要让人头痛、让人害病，治也治不好。

村领导们开始并不相信二米的鬼话，把孩子送到乡医院，结果血是止住了，烧也退了，就是显得懒懒的，呆呆的，不精神，医生好像也说不出个啥道道来。

村领导就信了二米的话，第二天叫老婆们买了香去给老杏树磕头。看着村干部的老婆们屁股撅得老高在那里磕头的样子，二米在一旁偷偷直笑。

说来也怪，小公子哥儿们的病却莫名其妙地全好了，又生龙活虎地蹦跳起来。

隔几天，一个惊人的消息就传遍了三里五庄——老杏树能消灾治病！“哗啦”，一下子来了好多烧香的人。头痛脑热的来，卧床不起的来，甚至连那些奄奄一息的也让人绑个架子给抬来了。把二米家园子里闹得乌烟瘴气，把老杏树打扮得稀奇古怪，拦腰还缠了几根红带子。不久，园子就被香客们挤塌了。

有一天，二米忽然发现自己的老婆也加入到烧香磕头者的行列。二米感到很可笑，睡觉时对老婆说了原委。老婆听了，伸手就去摸二米的额头，看是不是发高烧说胡话。

二米很恼火，想发脾气，想把老婆打一顿，后来想想，又算了。一转眼，又到该打杏的时候了。这一回，那支小队伍消失了，按理说二米应该高高兴兴了吧。可是不，二米正烦恼哩，老婆说啥也不让他再打杏了，怕触怒神灵，降下灾来。再说，老杏树下磕头烧香的早满了，想挤也挤不到跟前了。

这年的杏子，不是被老鸹叨了，就是熟透了落到地上摔稀巴烂了。

神 医

〇沈 宏

民国年间，菰城有位名医，姓齐，名天天。齐天天祖上曾出过太医。据说齐天天祖上的太医，医术高超，有手到病除之神技，为此得过皇上赐予的金字御匾“神医”之殊荣。至齐天天这辈，虽未得过祖上太医那样的荣耀，而其医术也颇为精湛。菰城的达官贵人常上门看病，连京城的一些政界要员患病也找其诊治。

齐天天为人清高，从不攀龙附凤。其癖好，品茗赏花。齐府内有十几亩地的花圃，圃中除了许多名贵的花卉药草，其余皆是成片成片的百合。据说齐天天种植成片百合是为了其夫人。齐夫人清丽秀媚，尤其一笑似百合花开，甚得齐天天宠爱。此外另有一说为齐家祖传秘方，秘方曾治愈过皇妃娘娘，秘方中有一味百合药。不管传说如何，齐府种百合是事实。每年入夏，齐府的百合花一开，幽香四溢，整个菰城的人皆闻之。

日本人佐滕小野大佐为菰城占领军司令，其进驻菰城是民国三十五年春。佐滕小野上任时拜访过齐府，其因是齐天天的曾祖父曾东渡日本传医讲道，而佐滕小野的曾祖父是位传教士，二人成为至交。据说齐天天曾祖父的墨迹还留于佐滕小野家中。不过齐天天拒绝了佐滕小野的拜访。

一日，佐滕小野又登门拜访。是时正是百合花盛开的季节，但见齐府内有成片成片的白、黄、紫、红等各色的百合花，千姿百态，香味馥郁。佐滕小野见到齐天天，躬身下拜，说：“先生的，贵人，想见真不易，今有一事相求！”

齐天天还礼，冷冷道：“恕在下无礼。在下从不与日本军人往来，请回吧！”

佐滕小野笑笑，说：“先生，‘神医’的后代，医术大大的。我的太太病得不轻，请先生念在祖上至交的分上，去看看？”

齐天天又要回绝，其夫人道：“既然佐滕先生的太太有病，你去看看吧。”

齐天天想了想，道：“要我去看病可以，不过有两个条件。”

佐滕小野说：“先生请讲！”

齐天天道：“一、本人不治日本军人；二、此后你我不再往来。”

佐滕小野说：“先生的条件，我接受！”

齐天天遂跟佐滕小野至日军司令部。少时，齐天天便带着佐滕夫人回府。佐滕夫人于齐府住了三日。三日后，佐滕小野来接夫人，见夫人面色红润，病体康复，大喜，问夫人缘故。夫人说：“齐先生并未给我服药，而是每日要我在百合花丛中静坐。闲时，齐夫人陪我下棋聊天。我的病就好了。”

佐滕小野叹道：“神医后代，名不虚传！”

翌年，菰城流行瘟疫。据《菰城府志》记载：是年春全城瘟疫盛行。瘟疫即肺痨，凡得肺痨者，长期咳嗽，面黄肌瘦，直至肺叶穿孔溃烂，呕血而死。此场瘟疫中，死者无数。

其时，城内的日本兵染者也不少，佐滕小野又至齐府请齐天天为其士兵治疗。

齐天天道：“佐滕先生难道忘了我的条件？”

佐滕小野说：“岂敢！不过此时是非常时期，不久我的士兵将赴前线作战，请先生治疗！”

齐天天摇摇头，回绝道：“本人是不会治的。”

佐滕小野面露凶光，说：“先生真的不出手相救，我的将在城内大开杀戒。”

齐天天道：“此是我个人之事，与城内百姓无关，佐滕先生为何要如此做?”

佐滕小野说：“请先生三思!”

片刻，齐天天道：“既然佐滕先生定要我出手，好吧。”

佐滕小野又说：“在先生为我的士兵治疗期间，要委屈一下嫂夫人。嫂夫人去司令部住，由我的太太陪伴，请先生放心!”

翌日，齐府住进了一群患有肺痨的日本兵。日本兵于齐府得到精心治疗，病情大为好转。其间，佐滕小野上门致谢，且问齐天天说：“我的士兵还有多久能完全康复?”

齐天天道：“十日左右。”

佐滕小野说：“十日后我来接士兵归队，届时先生也能与嫂夫人团聚了。”

十日后，晨，太阳未出来。齐府四周雾霭弥漫，弥漫之雾霭又似香炉里飘出来的烟氤。整个齐府一片寂静。佐滕小野刚至齐府大门口，见齐天天坐于大门槛上，其身后躺满了横七竖八的日本兵。齐天天见到佐滕小野，凛然道：“佐滕先生，你的士兵全死了。”

佐滕小野看到满地七窍流血的士兵，脸变了色，问：“你毒死了我的士兵?”

齐天天颌首笑道：“作为医生，我很想治愈你的士兵，可我绝不允许你的士兵去屠杀我们中国人。佐滕先生，你明白吗?”

佐滕小野号叫道：“你的不怕我杀你的女人?”

齐天天又笑笑，道：“佐滕先生，别忘了，你面前的是‘神医’的后代。”齐天天说罢遂倒地而死，此前其已服了毒。

此后，佐滕小野并未杀齐夫人。齐夫人回府见丈夫已死，便吞金倒于丈夫身旁。佐滕小野自己则剖腹而亡。

策划大师

〇汝荣兴

这年头的买卖真的是越来越难做了。这不，我开的那个服装厂，虽然说不上红红火火，倒也一直是顺顺畅畅的，至少是还从来没有发生过产品大量积压的事情。可最近这段时间里，也不知是什么原因，那些服装却是求爷爷告奶奶也都没人来批发了！特别是那近两千件每件成本都要在200块以上的皮夹克，整天都只能窝在仓库里“受冻挨饿”呢！

这自然要急煞我这个当“老板”的了——要知道，我充其量还只是个老要靠扳着指头过日子的“老板”，现如今收支严重失衡，整个家底都像最差劲的股票似的被套牢了，我还拿什么去让服装厂这部“机器”运转呀？

也就在我吃饭不香睡觉不稳，只差一点儿要去跳楼的时候，一位朋友提醒我说：“你有没有去请樊大新给想想办法呀？”

“樊大新是谁？”我听后却是一头的雾水。

朋友于是便笑话我道：“嗨，原来你是这样的信息闭塞，连樊大新都不知道，也怪不得你的服装会卖不出去呢——告诉你吧，人家樊大新可是大名鼎鼎的策划大师，经他出谋划策，本市有好几家濒临倒闭的企业已获得了新生呢！”

真有这样能“救死扶伤”的高人？在听罢朋友接着所作的有关介绍后，我不由得心动并心热了，然后我便按从朋友那儿打听来的地址，找上了门去。

樊大新——哦，不，应该是策划大师——那时候正在他那间并不宽敞但是装潢得极为考究的办公室里，背靠着那把真皮坐椅在打盹儿。见了我，他先是伸着懒腰打了个哈欠，然后朝我说道："你是来让我给策划什么的吧？不过我先得把丑话说在前头：我实行的是有偿服务，也就是说，你得花钱买我的点子。"

"那当然，那当然。"我忙不迭地点着头，一边还恭恭敬敬地给他递上一支"中华"。

这之后，策划大师樊大新就一边吞云吐雾地抽着我的"中华"，一边让我讲起自己的情况来。不等我把全部情况都说完，他便将手中的烟头往烟灰缸里一拧，同时打断了我的话头，说："你不用再说下去了，我已经有了帮你解决问题的绝妙办法。"

接着他就拔出笔在一张纸上写了些什么，然后把那张纸交给我，说："这是我那个办法的收费价格，你要是同意，咱们就一手交钱一手交货吧！"

那张纸上写着"2888"这样一个数字。说句心里话，这一数字比我预想的要高出许多。

但我还是很爽快地"哗哗哗"点了二十九张"老人头"，如数付给了策划大师——所谓舍不得孩子套不住狼，为了我那近百万价值的积压服装能死里逃生，我也不得不豁出去呀！

于是，策划大师就把他的那个绝妙办法给了我："你去找一个货主，什么也不要说就将那些皮夹克直接给他寄去——注意，你在包装时每包要装上一百五十件，但给他的发货单上写的却是每包一百件。"

"这样做，我不是把那五十件皮夹克白白地送给他了么？"我几乎是跳了起来。

"你急什么呀，我话还没说完呢。"策划大师接着说道，"我这办法的最妙处在于：你在告诉他每件皮夹克的单价时，实际上还是按一百五十件定的——比方说，你本来准备每件要卖 250 块，现在就写作每件 375 块。对于这一定价，那货主虽然会觉得高了点儿，但想到每包中毕竟有五十件皮夹克是你稀里糊涂白送的，所以，他对这样一块‘免费肥肉’，是绝对会紧紧地一口咬住不放的。如此，我保证不出十天时间，你就能得到你想要得到的消息……”

我是千恩万谢着离开策划大师的办公室的。我觉得叫他策划大师实在是名副其实的——他的那个办法，真的是个十分绝妙的办法呢！

然后，我就照着策划大师樊大新的这一办法，不仅把那些皮夹克全寄了出去，连那些衬衫啦短裤啦之类，也都一股脑儿地用同样的办法清了仓。

接着——接着我确实很快便得到了“消息”，只是，那是让我忍不住要吐出血来，并忍不住要千遍万遍地怒骂“狗屁策划大师”的“消息”：我寄出去的货全被退了回来，而退回来的服装，每包又都由本来的一百五十件，变成了我那发货单上明明白白地写着的一百件……

如姬

○谷　凡

长夜难眠，她身披青色斗篷立于窗前，看着眼前的一切，心里不免有些怅然。或许自己不该答应信陵公子那件事，那不是一件小事。她真怕。可是，为了他，她又决定万死不辞。作为魏王最宠爱的妃子，她真是不该有此心，可偏偏，偏偏求她办事的人是他。

他，是魏王同父异母的弟弟，贤能仁厚，翩翩公子，又知怜香惜玉。那天她和魏太妃花园赏花，偏巧他来拜见母亲，和他花园邂逅，畅谈很久。当她谈到自己的杀父仇人，至今没有寻到，令她悲痛在心时，他向她保证，一定替她寻到杀父仇人。果真，没多久，他提着那人的头来见她。

过冬的雁阵，嘶鸣着从北方的天空南飞。

北方邯郸，住着公子的姐姐。而此时，秦军兵临城下，邯郸危在旦夕。公子的姐姐嫁给了赵惠文王的弟弟平原君，平原君派使者到魏国求救，若魏王不肯出兵救赵，邯郸城指日可破，赵灭则魏将不存——所谓唇亡齿寒！魏王担心，她担心，信陵公子更担心。

魏王原本打算出兵救赵，但秦王派使者说：“吾马上攻打赵国，诸侯国哪个敢救，吾停止攻赵，移兵先攻打救赵的国家。”魏王恐惧了，毕竟，此举关系着魏国的安危。为了不引火烧身，被魏王派去救赵的十万大军，不得不驻扎在边境，不再前进。

信陵公子非常忧虑，因为魏王惧怕秦国，不敢轻易出兵，他只得和手下门客一起赶往赵国，去尽一点微薄之力，就算以卵击石，也在所不辞。就在公子准备出发的时候，想到了她，如此一腔热血去送死，不如智取。

智取，只有她——如姬夫人能帮忙，因为她是魏王最宠爱的妃子。如姬日夜伴随魏王左右，如能从魏王的身边盗取虎符，救赵之事，就可大功告成。虎符是国君调动国家军队的兵符，分左右两半，用兵时，左一半交给领兵的统帅，右一半由国君保存。如若国君将右一半虎符交给差遣的将领，拿去和带兵统帅手中的左一半扣合，后者将有权指挥军队。

她的目光落到回廊冰冷的青石地上，那寒气能发出声来。听着信陵公子说盗符之事，她的眼前，又出现了少时看到的情景，尸首遍地，孩子的号哭和老人的无助，令她万分寒心。没有战争多好，她恨那些打打杀杀的君王。

在所有后宫佳丽中，只有她不去争宠，耐得住寂寞。对于魏王，她冷得令他狂躁。她的一举一动，总是那么合他的心意，他恨不能夜夜相伴，时时相守。

平生第一次，从不在魏王面前展示才艺的她，为魏王跳了一段足尖舞，并一杯一杯请魏王喝酒。魏王醉了，从看到她跳舞时就醉了。魏王在身心满足后酣然入睡，婴儿般香甜。她知道，虎符放在密柜里，而密柜里的钥匙，则挂在魏王的身上。同室而卧，寻到钥匙，打开密柜，对于她来讲，易如反掌。此刻，她显得如此镇定，像什么都不会发生一样，但是她心里明白，此事关系自己的生死，不管公子此举如何，盗取虎符，都是死罪。

颜恩是她的贴身宫女，那晚，她将盗取的虎符用盒子装好，交给颜恩，嘱咐道："这是信陵夫人的花胜，你务必连夜送到，不得延误。"花胜，是女人用的一种饰品。颜恩消失在夜色中，她的心也跟随颜恩而去。刹那间，她好像看到了自己的死亡，冰凉的木桩上是她单薄的身体。

脸颊上，有一滴泪水滑落。夜色沉长，远处传来王宫马厩里骏马的嘶鸣，公子的面容在她的脑海里沉浮，此生爱恨已经耗尽，心里不免低唤："公子……"

一只老狼的忏悔

〇刘万里

《狼和放羊娃的故事》被人们一代又一代地传颂，成了大人们教育孩子的典型故事。如今我老了，回首往事，对当年的战绩非常愧疚，是我让那位放羊娃背上了黑锅。

那天，阳光很灿烂，我出来觅食时，发现山坡上飘满了白云，仔细看时，原来那是一群羊在山上吃草。我顿时大喜，就在我准备扑上去吃掉一只羊时，发现放羊娃坐在山上，他手上拿着一根长长的鞭子。我想，如果扑上去吃羊，放羊娃一定会大声喊叫，那么山下的人们一定会赶来救助，就得不偿失了，搞不好还有生命危险。眼珠一转，顿时想出一条妙计。我大摇大摆走了出来，慢慢地朝一只小羊走去。

放羊娃发现了我，就开始大喊大叫："狼来了！狼来了！……"

山下的人们听见了放羊娃的喊叫，纷纷拿着锄头，扁担朝山上跑来。

等那些人快赶来时，我突然钻进树林里跑了。

大人们气喘吁吁地问："狼在哪里？"

放羊娃说："狼跑了。"

大人们没见狼的影子，都以为放羊娃在撒谎，就纷纷下山了。

第二天，阳光依然灿烂。

我又出现，流着口水，朝那群羊走去。

放羊娃发现了我，就开始大喊大叫："狼来了！狼来了！……"

山下的人们听见了放羊娃的喊叫，纷纷拿着锄头、扁担朝山下赶来。

等那些人快赶来时，我又钻进树林里跑了。

大人们气喘吁吁地问："狼在哪里？"

放羊娃说："狼跑了。"

大人们没见狼的影子，都以为是放羊娃在撒谎，就纷纷生气地下山了。

几天后，阳光依然灿烂。

放羊娃又在山坡上放羊。

我突然出现在放羊娃的身旁，放羊娃又开始大喊大叫："狼来了！狼来了！……"

这次大人们没来，他们认为放羊娃又在开玩笑捉弄人，就没理放羊娃而各忙各的活。

放羊娃喊声越来越嘶哑，但人们依然没来。

我朝放羊娃扑去，咬住了他的脖子。

我要挟着头羊，把羊群领到了狼窝，我一天一只地吃掉了那些羊。

天黑时，大人们发现放羊娃还没回来，就去山上寻找，人们发现了放羊娃的尸体，才知道这次放羊娃真的遇上了狼。

后来，大人们就把放羊娃的故事演绎了出来，教育孩子们做人要真诚，不要撒谎，撒谎是没有好下场的，就像那个放羊娃。就这样，放羊娃的故事就被人们流传了下来。大人们在讲这个故事时，把一切责任都归在放羊娃身上，但大人们为什么不换位思考一下呢？放羊娃又错在哪里呢？其实，放羊娃根本没撒谎，他是一位诚实的好孩子。

谋杀案

○墨　白

一个细雨蒙蒙的天气里，从纽约哈莱姆区里的一座灰暗的住宅里，走出了一位驼背的老人，他步履蹒跚地来到大街上，他把手中的皮箱紧紧地护在胸前。驼色的帽子低低地压住他那有些失神的眼睛，他久久站在细雨中，最后他终于上了一辆的士。当他在汽车上坐定之后，他取下帽子，目光有些茫然地望着两边纷纷闪过的一座又一座高大的建筑，他厚厚的嘴唇有些微微地颤抖。

的士在离百老汇大街不远的一家旅馆前停下来，老人下了车走进了旅馆，他要了二楼临街的一套房子。他来到房间里，放下皮箱，久久地注视着桌子上的电话，最后他还是走过去。他把话筒拿起来，但他抬起拨号码的手却又慢慢地垂了下去，他呆呆地站了片刻，又把话筒放了回去。他迟疑了片刻，从皮箱里拿出一个包，走进卫生间细心地刮起胡子来。当他在镜子里看到自己干干净净的面容时，这才走出来再次抓起了电话。

“喂，是万象金融中心吗？……哦，我找你们的经理托·斯·哈伊利……对，告诉他我是芝加哥黑色金属实业公司的侨·迈斯……对，我们通过话的，我在阿瑟敦大街十九号的旅馆二楼七号……”他放下电话，站起来，又一次打开箱子，这次他从箱子拿出一把手枪。他来到窗前，把窗帘拉开，从这里正好可以看到旅馆的大门。他知道从百老汇驱车到这里用不了五分钟。他又看了看手中的枪，然后把它装进裤兜里。现在他把一切都准备停当了，可他突然显得有些紧张。他握着双手，在窗子前走来走去。他注视着窗外，他感到腿有些颤抖。

一辆红色的轿车从阿瑟敦大街驶进旅馆，停在车位上。一个身穿银灰色西服的中年人走下车来，老人一眼就认出他来了，哈伊利！他差点叫出声来，他的腿一抖，就坐在了沙发上。他坐在那里听着那个他熟悉的脚步声慢慢地走过来。当门被推开时，他不由得从沙发上站了起来，他张开双手，朝站在他面前的那个中年人叫道："哈伊利——"

哈伊利站住了，他冷冷地看着眼前的这位老人，他一句话也没说，转身就要离去。

"站住！"他听到身后传来的声音有些颤抖，当他转回身时就看到一支手枪对准了他。那个老人哆嗦着说："我……我给你打过不下一百次电话，难道你就不想跟我坐下来谈一谈？"

哈伊利说："把枪放下来，不然我就喊警察了。"

老人的手颤抖了，他看着哈伊利的身影消失在门口，他垂立着，样子像一座塑像。最后，他慢慢地来到窗前，当他看到哈伊利的身影时，他抬起了手枪。

"嘭——"枪响了，他看着哈伊利倒下去。突然，他像从噩梦中醒来一样，丢掉手枪，呼叫着哈伊利的名字，疯了似的往楼下跑去。在院子里，他蹒跚着扑向他，亲吻着他的脸，他嘴里不停地叫着："儿子，我的儿子……"但他还是被赶来的警察拉开了。

事隔二十六天，纽约某区的法庭开庭审理了这起谋杀案。当法庭静下来的时候，站在被告席上的老人紧紧地闭上了自己的眼睛。

"被告人哈斯·比姆，1921 年生于萨比纳斯，1936 年定居美国。当过农工、水手、炼钢工人。住在哈莱姆黑人区……1989 年 3 月 13 日上午 11:03 分……"法官把事情的经过叙述了一遍，最后他说："哈伊利身负重伤，3 小时后身亡。"

“什么？他死了？”老人睁大了惊恐的眼睛，然后他绝望地拳打着自己的头，“他死了……他死了……我只想让他陪我坐一坐，说会儿话……没想到他死了……”听着他的哭诉，在场的人都愣住了……

天芝堂

○孙方友

陈州“天芝堂”中药店始于明朝末年。老板李士堂是豫西灵宝人，年轻时聪明好学，博览群书，尤喜医书，专攻医道，对中医和中药材皆通。李士堂初来陈州，即在东大街设店，门额的横匾上镌刻三个大字“天芝堂”，其中“天”指天公，以天拟人；“芝”即灵芝，古人认为灵芝为仙草，视为神木。“天芝堂”的含义是天公普济众生，人服了灵芝可以长生。

“天芝堂”资金雄厚，采购药材多到当时的中药材集散地安阳、禹州、安国、亳州等地，购进地道中草药材，口号是“只求药材真，不惜花重金”。凡伪劣药材一律不进。因而“天芝堂”的药材齐全，品质地道，加工精细，货真价实，疗效显著，很快誉满陈州四周各县。

“天芝堂”为保信誉创名牌，进药时不但要求药师一丝不苟，炮制时也要求精细加工，无论水制、水火同制、修制及其他制法，皆不得马虎从事；制度十分严格，对挑拣、簸、筛、碾、刮、抽、研、刷等多道工序，皆有人把关，目的是将原药除杂质和非药用部位清除，使药品纯正，充分发挥药效。“天芝堂”药店的司药大都是在店内学徒期满后升任的，深懂药理，到门市后，一要非常熟悉各种药品所放位置，做到伸手而得；二要基本做到“一抓准”不回秤；三要算盘打得精，药价计算无误；四要包药有角有棱，美观好看。为不发生意外，“天芝堂”包药前有专人验药，就是按方上几味药一一验证后才能包包。在“天芝堂”当学徒，要先学蹬碾槽；辨认药品，学药性，检筛、晒晾、浸泡；再学切药。因为药材不同，切法也有区别。

民国初年，“天芝堂”的老板叫李玉龙，已发展到一边行医，一边卖药，既有祖传秘方，又有名医验方、民间奇方。病人吃了“天芝堂”的药，药效显著，病好得快。许多顾客宁愿在“天芝堂”排队等候取药，也不愿到其他“立等可取”的药店抓药。一时间，“天芝堂”更是声誉鹊起。

其实，这李玉龙只是“天芝堂”的女婿。李氏“天芝堂”生意虽然兴隆，但人丁不旺，到了民国初年，只有一个女儿，叫李琼花，其父为让“天芝堂”不改姓，专为她寻一个姓李的女婿。赶巧这李玉龙不但姓李，而且也是个热爱医学的人，就被李家选中了。这李玉龙是地道陈州人，其父是个游方郎中，手拿串铃，身背药箱走村串巷为人治病，而且他还是个有心人，每到一处就收集民间单方和名医验方，并记录成册。李玉龙从小就开始背颂这些单方和验方，尤其是那些对疑难杂症的单方，更是熟记于心，而且有创新。他十二岁那年，其父就带他四处游医，让他临症、识药、学文化，等到二十岁时，他就能独当一面了。

赶巧这一年，“天芝堂”张榜招婿，李玉龙脱颖而出，战胜诸多对手，成了“天芝堂”的合法继承人。

可是，李琼花却是一个不安分的女人。她从小娇生惯养，脾气怪异，性格霸道，年过二十了，还小孩子似的，说哭就哭，说闹就闹，弄不好还要砸东西。对雇用的相公，她说打就打，说骂就骂。她闹起来的时候，你还不能相劝，越劝闹得越凶。唯一的办法就是等她闹累了，自己感到无趣了才能消停。为此，她父亲李士堂大伤脑筋，担心再寻下个纨绔子弟将家业荡尽，所以才张榜招婿。当然，有关李琼花的一切，一开始全是保密的。就包括相公们，为着李老先生，也都守口如瓶，未走漏半点儿风声。李玉龙胜出的第三天，就与李琼花拜堂成了亲。新婚的第二天，厨娘的饭菜做得稍咸了点儿，李琼花就开始了大闹。她进厨房摔碗砸盆，吓得那厨娘直打哆嗦。相公们都躲在暗处，没一个相劝。李老先生夫妇也关门在屋内不肯出面。李玉龙当时正在药铺给人抓药，听得一相公的报告急忙回府。他看李琼花双目如火，满脸的凶光，不知发生了什么事儿。悄悄找相公一打听，方知是因饭咸了一点儿惹小姐动了气。开初，李玉龙认为李琼花独生独长，是骄气所致，后来从面部上看出事情并不是那么简单。他走上去大喝一声，只见那李琼花惊恐地望了他一眼，仿佛不认识似的看了李玉龙好一时，突然就静了下来。李玉龙当即断定，这是“鬼魂”附体所致。他认为，所谓“鬼魂”，是病人自己的心中之“鬼”。由于李琼花性格乖张，父母对她太宽松，无人管教，再加上她自我束身能力差，才形成了一种放纵之“鬼”。这个“鬼”越放纵越张扬，如果从小就开始管束，事情就不会发展到这一步。现在下手调治，已经太晚了。说白了，这是一种心理疾病，在中国还没有人设科，而在西洋人那里，早已有专治这种病的诊所了。李老先生一听，觉得门婿言之有理，李琼花的母亲更高兴，直给苍天磕头，说是上天有眼，给李家送来了一个好门婿。这一下，女儿和家业都有救了！

李玉龙说，他要带妻子外出行医一年半载，在途中治愈李琼花的病。李老先生欣然应允，忙指派管家备车套马，不料李玉龙一一谢绝，说是带李琼花外出主要是受苦，风餐露宿地漂流他乡，方能让她知道人间的艰辛。她未婚时不行，一个姑娘家外出你们不放心，现在她跟着丈夫，是最好的治愈方式。

果然，李琼花随丈夫外出不到一年，就变成了十分贤惠的夫人。后来生二子，长大后都成了陈州一带的名医。

菊痴

○王海椿

青州城外农庄住着一贫困书生王郎，多次应考，都未及第。

王生画得一手好画，尤爱菊花。可因无名气，他的画总是无人问津。每日出摊仅能卖出几张，勉强维持母子生计。王生爱菊、养菊、赏菊、画菊。茅舍四周全是菊花；屋内、檐下还有盆菊。他每日对菊作画，对菊吟诗，如痴如迷，荣辱皆忘。

这几日，母亲突然患病，卧床不起。王生每日到处问药求医，还要作画挣钱，不几日，竟苍老了许多。眼看老母的病一天重似一天，他心急如焚。有一天，他去给菊花浇水，不禁自言自语起来："菊呀，你们得天地阳光之气，生长得自由自在无忧无虑，我还真不如你们呀。""书生，真难为你对我一片痴情，好心总会有好报的。"一女子的声音飘向他的耳郭。王生抬头见一面容姣好的女子正站在自己面前，却不认识。正觉奇怪，那女子对他说："我叫小菊，请把你每日作画的砚台拿来。"王生也顾不上多想，就去拿了砚台。那女子叫他把砚台置于一株盆菊下，王生依言而行，只见菊花蕊沁出一股股清露，不一会儿就满一砚。女子说："你用这水磨墨作画去卖。"王生正要再问什么，那女子却倏地不见了，眼前飘过一阵清香。

回到书房，王生就用这清露磨墨调色，顿觉香气扑鼻，神清气爽。他接连作了几十幅秋菊图。第二日上街去卖，说也奇了，往日被冷落的画摊顷刻间热闹起来。不一会儿，几十张画就被抢购一空。

他用这钱为老母抓药治病，不多日老母就面颊红润，渐渐痊愈。

从这以后，王生每日都用菊花清露作画，但他并不多画，每日卖出十余幅，也就知足。

一日，画友赵生执意请王生喝酒，盛情难却，王生就去了。人一高兴，不免多喝了几杯，话也就多了起来，王生便将画菊的秘密说了出来。

赵生就要王生领他去看看那株神菊，王生不应。此后赵生又三番五次来求，都被拒绝。赵生便怀恨在心。恰巧县令也是个爱好舞文弄墨、附庸风雅之人，赵生便到县衙将王生的秘密说了，领了一笔赏钱。县令召见王生，提出要买其滴露菊，王生不答应。县令便找个借口将王生抓了起来，关进监狱。然后派人上门搜菊，可王生家满庭皆菊，他们不知哪一株会滴露。县令要王生说出哪一株，王生不招，被打得遍体鳞伤，死去活来。

恰在此时，一阔少犯了死罪，被打入死牢，此人用钱买通了县令。县令准备偷梁换柱，用王生做替死鬼。

王生和几个死囚被带上囚车，押往刑场。临刑前，刽子手对王生悄语："如你悔悟还来得及。"王生紧咬牙关，一言不发。

三声炮响过后，刀光一闪，王生人头落地，却化成一缕青烟，尸首不见了。滴血之处冒出一朵菊花，灿烂地开着。

王生醒来，却见自己躺在床上，母亲正给他擦敷伤口。他挣扎着爬起，来到室外，却见那株滴露菊的花朵落在地上，只有一枝杆儿直直地挺在那儿，顶端分明有刀削之痕。

云很白

○伍中正

柳叶眉看了看天上的云，云很白，白得无法拒绝天空的蓝。她没想到，男人黄毛会在秋天的粮站出事。

黄毛装了满满一车谷子，运到了粮站，横一包竖一包下完谷子，让运谷的司机走了。他就找到吹着电风扇的粮站站长，吹电风扇的还有两个人。站长除了胖还是胖，站里人都喊他胖子，胖子说话声音挺洪亮的。他洪亮地对黄毛说：黄毛，这些天你死哪去了？谷子过了秤就打牌，你来了就不差人了。说完，又对另外的两个人笑了笑。

黄毛笑笑说，谷子过了秤，结了账就打。

一沓沓的钱到了黄毛欢喜的手里，他右手握着钱，还在左手着力拍了两下。那两下拍出了声，声音响响的，唰唰的。而后，就把柳叶眉的话给忘了。

有几朵白云苍白地在移动。在黄毛眼里，那一些白云是天空的腿踹乱的棉絮。黄毛看看天色还早，犯不着回去。

黄毛输得很惨。黄毛的一车谷子，全部输给了胖子。

胖子胸前堆着的是黄毛的钱，更是黄毛跟柳叶眉辛辛苦苦做成的一车谷。

很少红眼的黄毛红了眼。他看着眼前得意的胖子，看见胖子脸上零乱的笑。另外的两个人站起身就走了，牌局就结束了。

像搁在桌上的一张没有声响的牌，黄毛没了谷子，也没了钱。黄毛也不声不响了。胖子顺手给了他一张10块的票子，那一张单薄的票子，再也不会在黄毛手上拍打出响声了。

黄毛拿了那钱像松了绳的牛就走，他在离粮站不远的庄稼医院，买了一瓶农药。

黄毛又匆匆走到胖子主管的粮站，看看天上的白云，就像天空的大嘴饮尽白云一样，他站着一口气喝光了那瓶农药。

黄毛慢慢地倒了下去，眼里是越来越模糊的白云。

胖子看见了，洪亮地说，好好的喝啥子农药?

黄毛就出事了。

柳叶眉快速往粮站赶的时候看了看天上的云，云依旧很白。她不想把事情搞大。

黄毛来不及送出粮站，在胖子长一声短一声的呼喊里就死了。

黄毛死在粮站。胖子赢钱的喜悦让突如其来的慌张代替了。他等柳叶眉的到来。胖子看了看天上，云很白地定格在他眯着的眼里。

黄毛的身子已经冷了。柳叶眉一下扑倒在黄毛身边一阵猛哭。哭得胖子心里更难受。

渐渐地，柳叶眉的声音就细了，就停了。她问了一声，哪个是粮站的站长?

胖子早就站在她的身后，就洪亮地接了一句，是我。

柳叶眉说，站长，我家黄毛说不上是好男人，我不想把事情搞大，只是想办法快点安葬了。

胖子说，先拿5000块钱去。

柳叶眉就接过了胖子拿出的钱。

柳叶眉没想到事情搞大了。

村里去了好多人，男男女女的，就有了一支队伍。黄毛的尸体就抬了回来。一路上，队伍里就有人发话，说黄毛是站长逼死的，出这么少的钱，便宜了胖子。还有人说，一点钱打发叫化子，平时胖子的秤砣压那么低，压走了我们好多谷。有人跟着附和，队伍就不动了。

柳叶眉走在后面，听不见前面的人说啥。

有人开始建议，抬回粮站去，他站长给的钱太少了。

抬到粮站去！

只要柳叶眉一句话，抬到粮站去！

柳叶眉看了看天上，云很白，白得眩目。她摇摇头，说，别为难胖子了，人家往后还要丢掉工作。

队伍又往前移动了。

柳叶眉看了看天，天上还是一些白云，云很白。

她没想到事情越闹越大了。黄毛的兄弟六斤从外面回来了。

黄毛下葬两天了，柳叶眉还在伤心。她擦干眼泪，对六斤说，你哥也有责任，他要不和胖子打牌，就不会出这样的事。

六斤就愤怒地握紧了拳头。

六斤就在屋子里找到一把锋利的斧子。

六斤提了斧子就大步出门。柳叶眉拦着他说，你砍人家胖子干啥？要砍就砍我柳叶眉。六斤不依，还往外冲。

柳叶眉冲上去，就抱住了六斤。

柳叶眉大声说了一句，有我柳叶眉在，就不能伤胖子！

六斤猛地一转身，握在手里的斧子就伤到了柳叶眉的右手，他甩了斧子，一把握紧了柳叶眉的手臂。

六斤低下头说，我答应你，再不去砍他，求你把伤口包扎好。

柳叶眉答应了，六斤哭出声来，哥，嫂子不让我去……

不出一个月，胖子不再是粮站站长，也不在粮站工作了。

胖子觉得对不住柳叶眉。

胖子坐在柳叶眉的对面。胖子说，柳叶眉，胖子对不起你家黄毛。

柳叶眉说，站长，其实是我家男人对不住你，让你丢了好端端的工作。

一句话说低了胖子的头。

很久了，胖子开口，我想知道，黄毛兄弟咋就不跟我过来闹?

柳叶眉说，闹过，咋没闹? 事情都过去了。你看看，他要去砍你，我一把抱住他，他握在手里的斧子还伤了我的手臂。

说完，柳叶眉左手捋起右手衣袖，露出了那道伤疤。

胖子走时，看看天，说了一句“天上的云很白”，就眼含泪水。柳叶眉看他一步一步走远。她抬头，盯着那些白云，云很白……

冬 天

○许 行

剧场的台阶下边天天坐着个老太太，跟小女孩们一起卖瓜子。

老太太花白头发，一脸核桃纹，摸不准她有多大年龄，两只昏花的眼睛总紧盯着行人。她跟小女孩们在一起很不协调，也许正因为这，她从不吆喝，也不跟小女孩们凑到顾客前抢生意。只在你要买时，她才告诉你两角钱一杯子。

我经常打这里走过。一天，秋雨过后很凉，老太太还瑟瑟抖抖地在这儿卖瓜子。我心里怦然一动，想这老人也怪可怜的。我平素不吃零嘴，对瓜子也没多大兴趣，但止不住过去买两杯子。老太太端端正正给舀了两杯。我看她那手有点颤。我掏出一把零钱数数就差一分钱，再就是10元钱的票子了。

我说差一分。

她说不行。

这老太太真抠。我说那给你10元钱，你破吧！

老太太数了半天数了一大把零钱给我，有的钱很脏很破。我很后悔，为这两杯瓜子，闹这么一把钱，这是干啥呢！

回到家我没敢对妻说，说了她一定数叨我。不过她吃了几粒瓜子说，这瓜子挺成，火候也恰到好处。

见妻吃得喜欢，第二天打这儿过我一摸兜里零钱多，又到老太太那儿买了两杯瓜子。给了她钱后我走出有半里多地了，她气喘吁吁从后边追了上来，颤颤抖抖递给我一分钱，她说多给一分。我愣了半天，这老太太也太认真啦！

打这，我摸到了老太太的脾气，每次买瓜子时都把钱数得准准的。

这天，我把数好的钱刚递过去，手被老太太推了回来，她说你来晚了。

我说咋？她说刚才有两个进剧场的人要我给他们留四杯。

那么，你把他的四杯舀出来，剩下的卖给我吧！

剩下的是底子，怕不干净。

我说将就，妻还等着吃她瓜子呢！

你将就我不将就。

这老太太，几角钱的买卖真做个怪！

天一天比一天冷了，冬天终于带着小雪花来了。我见老太太披着一件破旧的棉衣还在那儿卖瓜子，就说你这么大岁数了，这个天就在家歇歇吧！

她打了个唉声，没说话。我说你没有儿女吗？老太太沉默了一阵子说，我有劳保，不用他们养活。

那……

我欠儿子债呀！她见我未听明白，接着说，他娶媳妇我答应给买台彩电，还差 2000 块……

我浑身一阵战栗。

一股北风挟着雪粒刮过来，她不知说完未说完，便大声咳嗽起来……

一个女孩的天荒地老

〇崔 立

女孩初一了。初一的女孩正是充满幻想的年龄。那一天，女孩如往常一样回了家，发现家里还是空空的。爸没回，妈也没回，想找点东西吃找点水喝，可锅是空的，水也是凉的。没奈何，女孩只好打开冰箱，冰箱里也是空空的。

女孩拨通了爸的电话，爸说，我正在忙，有事找你妈吧。女孩又拨通了妈的电话，电话响了半天，一直没人接。

女孩出了门。女孩肚子有些饿，口也有些渴了。女孩去了门口的小饭店，又去了不远处的超市。女孩喂饱了自己的肚子，又抱回了满满当当两马甲袋的水和零食。

到家后，女孩就坐在沙发上看电视。当电视调到一个爱情剧时，看着美轮美奂的画面和金童玉女般的男孩女孩，女孩想起了什么。女孩拿过自己的书包，从书包里拿出了一封信，一封让女孩脸红的信。

女孩很认真地读着这封信，女孩把自己读到心跳加速。

好半天，女孩终于把信读完了。女孩放下信，继续看电视，女孩觉得电视里的女孩仿佛就是自己，和电视里的那个男孩，一起在那春光烂漫的田野里自由玩耍。蓦地，女孩发觉自己的脸有些发烫。

女孩就从书包里拿出了一沓漂亮的信纸，女孩忽然觉得自己也应该做些什么了。女孩就摊开了信纸，在上面写了起来。

写了一会儿，女孩发觉自己并不满意，就把写了一半的信纸撕了下来，在另一张信纸上写。如此反复几次，女孩长吁了一口气，终于把信写好了。

当然，女孩也不忘把那几张写废的信纸收拾掉。一切，都似乎处理得很圆满。

以后的一天又一天，爸妈只有很少的时间是在家的，在家时就会听到他们不停的争吵声。女孩就总是掩上自己的耳朵，然后重重地关上自己房间的门。但在大部分时间，女孩都是一个人在家的，女孩又会坐在沙发前，然后打开电视，从书包里拿出一封封信——女孩的信越来越多了。

有一次，是女孩的疏忽吧，女孩不慎将自己写的一封信遗落在了沙发上。

第二天到家时，以为家里没人。可女孩打开房门，竟意外地看到爸妈很平静地坐在沙发上，都很认真地看着自己。

女孩有些纳闷——没吵没闹，这太阳是从西边出来了吗？爸忽然拍了拍沙发一角，让女孩坐。女孩又看了看妈，才走过去，坐了下来。爸竟一改往日严厉的神色，很温柔地问女孩，最近好不好？学习负担重不重？女孩更纳闷了，但女孩还是一一回答了爸的问题。接着，爸似乎是开玩笑一样，给女孩讲了个故事，一个关于涩涩的青果的故事。爸还告诉女孩，青果是酸酸的、涩涩的，但如果长熟了，长成红果，就是甜甜的，味美又甘甜。

女孩满是不解地听完爸的故事，然后看向沙发另一边的妈，就发现了妈手中的信，一封女孩昨天写的信。还有一个马甲袋，女孩藏在房间里放那些信的马甲袋。女孩有些明白爸妈的反常了，女孩的脸，不自觉地发起烫来。

妈张了张嘴，女孩以为妈会责骂她。妈平时责骂起她和爸来从来毫不留情。可这回，妈居然没有骂她，妈竟一脸慈爱地摸了摸女孩的头发，居然给女孩讲解起女孩写的信，还给女孩解释着一个个成语——天荒地老、海枯石烂……

最后，爸妈说，他们相信女孩一定会处理好这一切的。女孩满是忐忑地点着头，然后进了房间。女孩还被允许把那些信一起带回了房间。

第二天，第三天……女孩回家时，总能看到爸妈，或是坐在沙发上看着电视，或是在忙着烧饭，再没有任何的吵架声，当然，女孩也再没在客厅里写信了。女孩还把以前的那些信都扔了。

那天晚上，女孩在客厅和爸妈聊了会儿，就进了自己的房间，然后紧紧地关上了门。

女孩从书橱的一个隐蔽的角落拿出了一本精美的带锁的日记本，女孩很认真地在上面写着：……自那些信被发现后，爸妈再没吵过，也能按时回家了。每天一回家，总能看到爸妈，这样的生活，正是我所期盼的。看来，把那些信作为道具还是比较成功的……

大哥是绿林好汉

○巩高峰

下午班。我的屁股刚沾上椅子，电话就响了。我那句顺河乡医院的惯用语才说一半，就听阿峰气急败坏地叫，黄祥，你那活宝大哥又进来了！

这种电话让我头疼。我那一奶同胞的大哥实在是烂泥抹不上墙，进派出所就跟赶集一样随便。用阿峰的话形容，整个一活宝。

大哥小儿麻痹症落下的残疾，一条腿像桩子，一条腿像棉花杆。为此全家人都有些愧疚，有什么好吃好喝的都尽着他。前些年我父母甚至拼着老命借钱给大哥娶了个媳妇。父母以为这样就大功告成了，谁知在我们的纵容里大哥不仅没有残疾人惯有的自卑，相反，终日埋在一堆武侠小说里的大哥面对衣来伸手饭来张口的生活，竟形成了一副侠义脾气。见我也不好好说话，双手抱拳，道，贤弟，近来可好？

我一肚子的恼火，还可好？这几年我辛辛苦苦赚的钱大都通过父母孝敬到你身上去了，你身上搜刮的都是我的民脂民膏，你说我还能好？大哥大咧咧地撇撇嘴，一手伸展成掌，贤弟别文绉绉的，好像你是全家的救世主似的。

我向父母建议分家，让大哥的养尊处优去碰一碰日子的艰难，他就会醒了。

于是，家里所有的东西都随大哥挑，值钱的鸡猪牛羊，实用的农具家什，统统连拿带送。走的时候大哥又抱拳，在下有礼了，后会有期。这动作大了些，腋下的拐杖不小心倒在地上。大哥不弯腰拿，用脚，一搓搓到脚面上，再一挑，待拐杖在空中翻滚了三圈之后，他才伸手接住，笃笃地走了。

母亲心疼地伸了伸手，想扶一扶。但大哥却走出一溜的豪迈和不管不顾，母亲怒道，为练这个那张脸不知被拐杖砸青多少回，还逞能。

分家后，没了父母的唠叨，大哥在院子里弄了块平地专门练武，如鱼得水。为了庆祝自己的独立，有一天大哥甚至弄了一帮道上的朋友在家里开武林大会。于是刚刚牵到大哥家还没熟悉饮食习惯的两头猪就被宰了。在会上，大哥一再宣扬他的一套理论，理论的中心思想是人文化少不可怕，不强身健体受欺负才可悲。

大哥这套理论成熟的结果就是我那六岁的大侄子被他送去千里之外的河南，进一个民办武校学武。第一学期回来，大哥抢在热泪盈眶的大嫂前面，首先把儿子的全身拍打个遍，嚷道，好，铁疙瘩似的，钱没白交。

大哥的钱没白交，可父母十几年来养出的三代水牛都变成了学费，害得家里每次春耕秋收都要我花钱去雇机器。

大侄子第一趟回来时带了两本拳谱，一看就是启蒙教育的东西，可是却阿拉丁神灯般照亮了大哥的欲望。大侄子走后，大哥闻鸡起舞，对着书勤学苦练，还开始闯江湖。我见过大哥跟同道中人打招呼，抱拳，朗声怒眉：在下黄富贵，安徽顺河人氏。之后，大哥开始经常出门跟人交流切磋，但交流切磋的结果是频繁的鼻青脸肿，于是每次都有些天不能见人。那些天里，我总会听到我那小侄子的鬼哭狼嚎，还有大哥的呵斥，给我好好练，再送一个去河南不是重复花钱了？我又不是冤大头！

久了，大哥竟混出了铁拐黄的名头。他那以好腿为支撑、残腿如流星锤般指南打北声东击西的腿法一旦使出来，三两个庄稼汉还真近不了他的身。

与大哥的名头背道而驰的是大哥的家境，水牛因为侄子要强身健体卖了，猪为武林大会宰了。虽然大哥摆出一副千金散尽还复来的表情，但捉襟见肘的难堪是显而易见的，不然大哥不会这样感叹，我手头要是宽裕，早去山东寻访名师去了。

闯江湖是有代价的，大哥要不停地进派出所。切磋可以，头破血流可就不是闹着玩的了。赔偿人家医药费是小事，关键是还有数目不菲的罚款。

一开始大哥进派出所我同学阿峰还高兴呢，终于逮着机会体现我们兄弟情深似的，不仅让大哥免了挨打和罚款，还拉着大哥上街下馆子。大哥很是激动，说，阿峰兄弟，你当过兵，会军体拳，不许给我带手铐，不许围攻，你带着你们派出所那几个跟我切磋切磋如何？我的黄氏扫堂腿已经成套成式了，你不想见识见识？

为此，阿峰总跟我打趣，黄祥，看不出来你大哥还是个绿林好汉呢。说得我无地自容。后来大哥进派出所多了，渐渐就无所顾忌：咱有阿峰兄弟罩着，进去就出来，还好酒好菜。

当大哥进派出所跟打胜仗一样成为家常便饭时，不仅阿峰很没面子，我也火了，大哥这是把阿峰当成他的靠山他的保障了。进派出所我倒还不是最怕，一旦大哥亲自护送着人来医院找我，那才惨。我很多个月的工资都是这样无声无息地没了的。

痛定思痛，挂了电话我就做了决定，今天无论如何得治治大哥。

进了派出所还没到拘留室呢，就听大哥杀猪般地叫唤，唉哟，龟孙子阿峰，你死啦，你大哥让人用私刑啦，你见死不救！

交了罚款领出人，又弄了三斤烧饼两大海碗辣乎汤，大哥理直气壮地往嘴里呼呼吃饼喝汤。有时嘴里腾出一点空，就阴阳怪气地感叹，还是亲兄弟管用啊。

阿峰搓着手，那惭愧的神情表示他其实已经尽力了。

饼干汤尽，大哥舔了舔嘴唇，有些意犹未尽。

大哥，阿峰是我兄弟，我是你兄弟，但阿峰不是你兄弟。今天我把话搁这儿，这是最后一次弄你出来，以后别妄想你拉屎别人给你擦屁股。不信你试试看！走，阿峰！

阿峰别、别了两声，被我冒着火苗的目光给吓住了。对大哥这样的绿林好汉，就得用绿林好汉的招治他。我打算让他拄着拐杖走上七八里地回家。

见我真要走，大哥慌了，没用拐杖就噌地站了起来，贤弟慢走，那饭钱、你付了没有？

恋曲 1990

○连俊超

后来，那个熟悉的村庄站在了我面前，我立刻感到双腿像水中的土墙一样，随时都会垮掉。

那些年，我像一粒在风中飘了多年的沙子。许多地方我路过无数次，有些地方我根本没有去过。我随便找一个方向，找一条路，走下去，直到黑夜送来疲惫。太阳再次升起时，一条崭新的道路也起伏在我的眼前。

然而我知道，自己的壮年已经逝去，向我走来的，只是士气高涨的衰老。

我远远地看见村外的土冈上坐着一个老太婆。她像是坐在天地相接的地方，四方的云彩环绕着她。

“你不再是一片云彩了？”她坐在山冈上朝我喊。

她的声音让我想起了一个美丽的姑娘，尽管那声音已被岁月无情地篡改。

当我厌倦了大半生的跋涉之后，还是回到了这个村庄——一直有人守望我的村庄。

那个冬天的傍晚，我将玉秋手织的雪白围巾系在那棵刻着我们名字的大树上时，就已经决定在村庄外流浪一生。我的心已经被村外无边的荒野所覆盖，不可能再被谁开垦。

玉秋离开时走向远处了。我记着村人的这句话。我仿佛听到荒野上她的呼唤，呼唤我。我离开那棵老树，奔向大片的野地。我喊着她的名字，声音被野风吞噬。

我走到那个老太婆的身边。在那个下午患相思病一样无精打采的阳光中，她满脸的皱纹向我演绎了时间在她脸上扎根的几十年时光。

你第一次离开时，我就认定你还会回来的。

你整天对我说，自己是飘浮在村庄上的一片云彩、一团烟雾，早晚都要被风吹散，吹到荒野上。你说你是不安分的人，不可能在这个村子安定一生。那时，你已经断了一条腿，我不相信你会离开村子，拖着断腿在外边流浪。你走之后，我才想起，我连你来自哪里，将要去哪里都一概不知。

你离开的第二天，我就来到冈上往远处看，我希望能看见你的影子。可我从二十岁开始，一直盼了五年，才看见你一瘸一拐地往这边走来。我当时就坐在这里哭了。你还记得吗？你说你老远就听到我的哭声了。我希望你能在村里住下去，一直到老。我们播种收割，像村里人家一样。可那时，我才知道，你在外流浪是有缘由的。你说你经常听到她在荒野上呼唤你的声音。我听村里人说，你晚上还跑到村头喊她的名字。

你说，如果你没有见过她，你肯定会陪我住在这个村子，永远不会离开。可我没有对你说过，如果没有你，我早已经安安生生地过日子了。那时，我不相信你会把一辈子都搭在寻找一个已经死去的女人身上，可现在我把一辈子都搭在等你这个永远游荡的人身上，我相信了。

那天我见你瘸着腿走远，我自个儿站在这里哭。我那时恨起了自己。我太不争气，竟然在心里装了一个永远不会在一起的人。和我一样大的女孩子都已经成家了。我觉得自己天生就是贱命，嫁给傻子都不冤。我开始怨你、恨自己，我想法作践自己，我盼着你回来，我要你看看我是怎么过的。

我跟刘三过了五年。你不知道我怎么熬过了那五年。我常说那几年就是一个大泥坑，我再也爬不出来了。我一个人坐在这儿哭。我哭我自己。我想你要看到我那几年的日子，你就会留下来。我在跟你赌咒，我也在跟自己赌咒。我惩罚你，也惩罚了我自己。可惜那几年你一直都没有回来，不知道你在哪儿转悠了这几十年。刘三整天瞎混，混酒混赌混女人。他知道了我心里有一个整年不出现的人，喝醉酒就把我和孩子都赶到村外。我站在村头往远处看，却只看见黑洞洞的一片。

那天他跑到外村喝酒，回来时遇到了暴风雪，谁也不知道他被刮到哪儿了。

我自己带着孩子，一步步地走了这么些年，现在孩子也成家了。我还是习惯坐在这里往天边看，说不定你什么时候就回来了。我对自己说，要永远坐在这里等你。可我到现在才看见你。

她的目光停留在一片灰色的云彩上。

你走了这么多年，找到玉秋了没有？

那几年我确实听到她在风中唤我，后来她的声音逐渐减弱，隐约着直到消失。我已经停不下自己的脚步，只能没完没了地走下去。

我坐在这里等你一辈子了。现在我满脸都是皱纹，我都忘了自己年轻时长得什么样了。我看出来，你的脸也皱得像老树皮了。

或许我就是一棵老树。我走了一辈子，永远没有根。我望着远处苍茫的荒路。

你要是还继续走下去，我也不会拦你。我知道玉秋不会从你心里走掉，我也不指望能走进去了。

我盯着时间在她脸上扎下的庞大根系，不知该说什么。我腰板酸痛，试着站起身。可刚伸直腿，就实实在在地摔倒了。我感到一阵剧烈的酸痛爬上了我的鼻梁。

模拟局长

〇郭震海

周得伟大学毕业后，应聘到一家公司的财务科当科员。他平时好学上进，为人正直，朋友们说，如果这小子将来当了官，一定会是个好官。周得伟也这样认为。俗话说，不想当将军的士兵不是好士兵。他最大的梦想就是将来能通过努力当上财政局局长。

一日，周得伟玩电脑时，发现了一种游戏。这是一套特殊的程序，只要在电脑的提示下输入自己的姓名和想担任的职务，立即就能过把瘾。这让周得伟很兴奋。他立即注册后，输入姓名，在职务栏里毫不犹豫地写下了“财政局局长”。瞬间，鲜花和礼花充满了整个电脑屏幕，接着出现一行字：“恭喜您周局长，您现在正式被组织上任命为财政局局长!”

热闹的贺喜场面过后，电脑屏幕上出现了一句问话：“周局长您好!市水利局王局长晚上邀您吃晚饭，您去吗?”屏幕下方出现小提示：您和王局长原来关系就非常好。如果同意请点击“是”，不同意请点击“否”。

既然和王局长关系非常好，如果不去会不合乎常理，他一定会说自己摆臭架子。这顿晚饭应该去。周得伟想了想，就点击了“是”。

晚上，在市内最上档次的王者酒楼，市水利局王局长早早就在包间内恭候，和他同行的还有几个人。周得伟移动着鼠标，虚拟赶到包间后，王局长一一给他作了介绍说，这是刘总，这是张经理，这是魏老板。周得伟同他们一一握手。晚宴好生丰盛，吃的是山珍，喝的是美酒。此时电脑上又出现一句问话："如果他们敬您酒您喝吗？"面对这样的场面，提出这样的问题，周得伟总感觉当初设计这个程序的人有点傻——老朋友见面敬酒哪有不喝一杯的道理。他没有犹豫就直接点击了"是"。

推杯换盏中，电脑屏幕上又出现一句问话："周局长，现在您已经大醉了，晚饭后王局长建议要您去娱乐城。您去吗？"虚拟的周局长是醉的，但现实中的周得伟是清醒的，他想我做梦都想当个好官，这样的场所我不能去。他按下了"否"，电脑屏幕上立即出现一个大拇指，一个甜美的声音说："周局长，您真是个好官啊！"这句话让周得伟非常地受用。

晚宴结束后，电脑上又跳出一句问话："周局长，市政府分管财政口的刘副市长来电话，让您对一个项目投资开绿灯，这个项目手续不是很全。您会同意吗？"提示：在您升迁这件事情上，刘副市长曾帮了您好大的忙。

这确实是一个难题。如果自己不同意，很可能会得罪顶头上司，况且刘副市长曾经有恩于自己。如果答应，手续却不全。怎么办？此时的周得伟开始犹豫了，电脑又及时跳出一个小提示："周局长，刘副市长再次来电话，说你办事太拖沓。"看来只能咬牙答应了。平时，周得伟就是个重情义、有恩必报的人。他点了"是"。

刚点下，又出现一句问话："周局长，项目投资后，魏老板想请您和刘副市长一起吃饭，您去吗？刘副市长要去。"周得伟想，既然刘副市长去，自己能不去吗？去！

"周局长，有人找到您家，想求您办事。那天您刚好不在，您的妻子收下了人家一枚价值2万元的钻戒，她非常喜欢，已爱不释手了。她当年顶着父母巨大的压力嫁给您这个穷汉，您曾表示坚决要活出个样来，让她过上富贵的日子。现在您怎么处理钻戒的事？"

周得伟理智上觉得不该收下这份礼，可想想老婆的付出，就点了"是"。

“周局长，别的和您同级别的领导家的孩子都出国留学了，您也十分想让儿子去留学，可没有钱。有人雪中送炭，明确地告诉您，这笔钱是赠与。您会接受吗?”说得很明白，是赠与，不是搞权钱交易，周得伟断定不算违纪违法，又点了“是”。

“周局长，过年了，和您同级别的领导都给上级领导拜年送钱，您送不送?”周得伟清楚，这跟平常随份子差不多，心里即使不情愿，也得送啊！设身处地想想，他又点了“是”。

“周局长……”

周得伟美滋滋地当着财政局局长，答着答着题，突然电脑提示：你的游戏已经结束，想知道你的最终结果吗?

周得伟按了“是”。结果，出现在荧屏上的是一个特大的手铐，明晃晃地放着寒光。

炒　豆

○邵昌玺

娘说：“转娃，难得有空儿在家住一宿，今儿咱娘儿俩好好说道说道。”

转娃说：“娘，我想吃你炒的豆儿，好香。”

娘转身拿豆，炉火如豆。

娘说：“娃，想吃豆儿不能急，文火炒的豆儿才香。你呀，还跟小时候一样，嘴馋，呵呵……说起来可真快，你小的时候又瘦又小，亲戚们都担心白搭工夫，我偏不信。那会儿娘没奶水，他们都劝我让你去吃百家奶。可娘拉不下这脸，我就给你熬米汤喝，小米、大米、绿豆、豇豆、豌豆，只要咱家有的粮食娘都给你熬过。可别说，喝着喝着，你的小身子骨就变结实了。娘心里甭提多高兴了。我逢人就说，看俺娃长得多好，多俊，呵呵……”

娘悠悠地翻炒着豆儿，脸上的皱纹开了许多。

娘说：“唉，到底是喝汤不比喝奶，你身子骨一直很弱。都是娘不好，娘对不住你……记得你四岁的时候得了一场大病，茶汤不进。我可真傻，就知道整天把你抱在怀里，摸着你的小身子越来越软，娘急呀……要不是你大爷把你抱去医院，还真不知道咋样……”

豆儿泛香，娘不紧不慢地翻炒着。

娘说：“不知不觉，娃就长大了，上学了。娃很争气，每次考试都是第一名，娘也觉得脸上有光。可是，在你上三年级的时候，娘打了你，出手重啊，你愣是没哭。我知道你心里怨娘，可娘也是没法子，咱家能跟人家比吗？你看人家狗娃的铅笔盒好，回家也闹着跟我要。娘没给你买，你就躺在床上不去上学……我当时那个气呀，就打了你。唉，现在想起来呀，不就是一个铅笔盒嘛，咱就是当时日子难点儿，也还是能买起的……”

豆儿上色，娘还在翻炒。

娘说：“咱娃啊，就是机灵。咱村当时有几个能去城里上高中的？可你第一年就考上了。娘舍不得你去呀，娃长这么大，哪离开过娘。你晚上好蹬被子，到了城里，可咋办？后来，你大爷说不能误了咱娃的前程，我就咬着牙，让他把你送走了……呵呵，看来，人遇事就得想开点儿。这不，娃走了，娘过些日子也就好了。倒是娃心细，老是惦记着我，回家就嘱咐让我好好吃饭，地里的活儿能干多少干多少。其实，看娃这么争气，娘不觉得累，娘就是干活累死也高兴……”

豆儿放花，娘好像没看到，依旧慢慢地翻炒着。

娘说：“娃可是咱村第一个大学生。还记得你收到大学录取通知书的那天吗？娘打心眼儿里高兴啊，亲戚、乡亲们也跟着高兴，没用娘张口，大伙儿就给咱送了不少钱。我知道他们是担心娘没钱，不让你上。其实，娘就是砸锅卖铁也会让你上的，天大的喜事呀……”

豆香扑鼻。娘拿起一粒豆，转娃塞进嘴里。

娘说：“娃，赶明儿就是清明了，你也该见见你的亲娘了。”

转娃嘴里一声巨响。

娘好像没听见：“唉，我知道早晚会有这么一天——哪有娃不认娘的。你也不小了，是该让你知道的时候了……其实呀，娘不是你的亲娘，你的亲娘走了。那还是在生下你几个月的光景，她和我家那死鬼好上了。后来，你爹知道了。你娘怕，死鬼也怕。谁知他俩想不开，走了绝路。是喝药死的，俩人一块儿，抱得死紧。你爹疯了一样使劲扯，咋也扯不开，他就扇你娘和死鬼耳刮子，又哭，又笑……我也恨死鬼，你说你胆子小，就别干那事，还扯上个人，撇下个可怜的孩子……再后来，你爹把你抱来咱家，放下就走了，这一走就再没信儿……那时，你哥也大了，也能帮我干活儿了。我就拉扯着你和你哥，饥一顿，饱一顿，这日子咱也就过来了……”

娘还在絮絮叨叨地说着，转娃看锅里的豆儿一片模糊。

第二天，娘带着转娃来到亲娘的坟前。

亲娘的坟，很圆，很干净。

娘说：“磕个头吧。”转娃跪倒在地。

娘说：“喊声娘吧。”转娃对着坟头喊了声：“娘。”

转娃缓缓站起，转过身，又扑通跪倒在地。他抱着娘的腿，突然抬起头，对着天，直着嗓子喊了声：“娘。”

娘泪如泉涌。

做 人

○吴万夫

东爷六十多岁了，还没有找到嫡传的弟子，祖传的宝贵医学经典也就只好束之高阁，无从授业。

东爷膝下无嗣，但小镇方圆多远的人们都对东爷赞叹至极。无论深更半夜，刮风下雨，只要喊东爷出诊，他从不拒绝。东爷一直抱着"吃亏是福"的态度，与人交往，常常"借的浅还的满"。东爷从医多年，从没让人说个"孬"字。

但东爷却遇上一件使他终生都感耻辱的事。

那天，下着毛毛细雨，东爷从茅山坳里深一脚浅一脚地回来，趑趄中途，碰见一条壮汉躺在田埂上，鼻翼翕动，昏厥不醒。东爷掐脉一探，得知此汉患有急症，遂给他摆治一番，喂药扎针。俄顷，便有一缕气息自壮汉的口鼻中徐徐呼出。

壮汉醒过来了，却一口咬定东爷拿走了他兜里的钱。

东爷面色苍白，结结巴巴："我救了你，还会拿你的钱吗？"

壮汉说："鬼知道你打的啥主意？也许见利忘义呗！"

东爷讷讷："我干了一辈子医……"

壮汉说："干了一辈子医，就能说明你是个好人？"

东爷语塞。情急中倒翻药箱，解开衣扣，让壮汉搜查。

壮汉两手一摊："哼，一人藏东西，十人难找。那可是我全家人的口粮钱呐！”

东爷可谓秀才遇到兵，有理说不清。东爷义愤填膺掉头便走。可是壮汉尾随不放，到了东爷的诊所里又哭又嚷。

门口围了许多人，议论纷纭。

“东爷会干这事吗？”

“我看未必！”

壮汉一把鼻涕一把泪：“没有的事我能无中生有吗？人心隔肚皮，做事两不知！你能坐在他心窝里保证他没干吗？”

人们都无话可说。

壮汉在地上滚嚎不已，满身泥巴，让人生怜。

人们觉得似假又似真。

有人开始嘀咕：“站得再稳，也有趾脚的时候！”

有人应和：“是哩，东爷真是一时糊涂，财迷心窍哇！”

东爷脸色乌紫，嘴唇哆嗦，一个踉跄，差点跌倒。

东爷颤颤巍巍数出150元毛票，交给壮汉。壮汉接过钱，磕着响头千恩万谢而去。

东爷的形象一下子在人们的心目中坍塌了。东爷大病了一场。老伴守在床头，寸步不离，日夜安慰。但东爷怎么也憋不过这口气。

第五天晌午，东爷起来了，净过手，焚了香，战战栗栗地捧出一口檀木箱盒，端着列祖列宗苦心巴巴积累下的奇丹妙方，突然老泪纵横，恸哭失声。东爷哭一声，撕一张，撕一张，哭一声。当老伴从厨房赶来劈手夺过时，厚厚的一本书，已被东爷撕烧得只剩下几页白纸。黑褐色的纸屑，宛若万花丛中的蝴蝶，在这蓝幽幽的火苗上，上下起舞。

老伴也哭了，但却无可挽回。

东爷从此不再给人医病。

人常说，黄金有价药无价。东爷当了一辈子医生，却未见攒下分文。

东爷还得生活，东爷还需要钱。

一天黄昏，东爷到镇外的草坪上散步，碰见一条误食酒糟的狗。那狗挣扎过，浑身泥垢，嘴插在一泊水凼中。

狗虽醉死半天，尚有活的希望。狗属土命，挨地活七分。

东爷便弯下腰，抱起狗趴在自己的膝盖上，搣成弓状，稍一用力，只听“哗啦”一声，一团乱七八糟的秽物从狗嘴里喷出，溅了东爷两裤管。

醉狗醒了，“狺”的一声尖吠，蹿出东爷的怀抱，张皇遁去。

那狗跑了几步远，却又停下，蹲在地上，审视东爷须臾，又主动蹭到东爷面前，卧下身子，两条前腿呈作揖状，晃着尾巴，喵喵呜呜，似是感激东爷的救命之恩。东爷拍拍那狗，那狗便眼角滚下几滴浊泪，恋恋而去。

东爷的心受到震动。

东爷回来后决定开个诊所，专治狗病。这样也可维持生计。

从此，不时有人到东爷的诊所给狗看病。

养狗成了小镇人的一种时尚。养狗的，大都是一些有钱人家，多则三五条，少则一两条。主人走到哪儿，狗也跟到哪儿。铁链子在狗颈上哗哗啦啦抖动，满街流淌金属响声，八面威风，如过狗队。狗，有的性如狼，有的猛似虎，龇牙咧嘴，让人退避三舍，唯恐不及。狗主人也无形中改变了地位，天高三尺，地陷一丈。人仗狗势，狗壮人胆，横行霸道，耀武扬威。镇民们被搅得谈“狗”色变，每每碰见“蜀犬吠日”，也要哆嗦一团。

但东爷对狗，却毫无惧色。那些被东爷治过病的狗，往往见了东爷，多远都要跑过来，摇头摆尾，舔东爷的手，上东爷的身子，亲密无间。

人们都羡慕东爷能和狗打成一片。

神　童

〇袁炳发

我是从去年夏天注意上那个男孩的。

注意上那个男孩是从我居住这个城市的书店开始的。

双休或节假日，如果没有特殊的事情需要去办，我总是要到书店逛一逛的。

这是多年养成的习惯。

去年夏天的一个双休日，我在书店二楼的文学书架旁翻看卡尔维诺的小说集时，很安静的书海中忽然传来一阵低低的“哧哧”笑声，它吸引了我。

我顺着笑声看去，就见到了这个倚着书架的男孩。

男孩想必是被书中的某个情节，逗得无法遏制地笑着，双肩一耸一耸的。

我这样想着时，就又抬头去看那男孩。

男孩十二三岁的样子，个儿高，头发茂密浓黑。

夏天的阳光，从书店二楼的窗外照进来，直射在男孩的那张稚气的脸上。

男孩的脸便在阳光中，显现出金子般的光色来。

男孩停住笑后，我发现他拿出笔，在一张卡片上迅速地记着什么。

男孩记完后，把笔纸收进衣袋里，那张脸在金子般的光色中，露出一种很舒心的笑容。

我大抵能知晓一些男孩脸上的笑意，他是得到了一种他需要的东西。

这一年的夏天，我每次来到书店，都会发现这个男孩倚在书架旁看书。

我发现男孩每一次依然在卡片上记录着什么。

在书店里遇到的次数多了，我和男孩脸熟起来，有时彼此点头示意一下，又都继续翻起书来。

有一次，我问男孩，你怎么总来书店？不上学吗？

男孩回答我，叔叔，我放暑假了。

我接着又问，放暑假不去补课吗？

这次男孩没有立即回答我，在脸上瞬间漫过一片令人难以察觉的忧伤后，男孩告诉我，他的爸爸妈妈都下岗了，没有钱参加补习。

我便没有继续深问。

暑假过去，学生们开学之后，我再来书店时，便一次也没有碰到过那男孩。

冬天来了，大雪也如期而至。

学生们寒假之后，我在书店里又开始和男孩频频相遇。

原来，男孩每年的寒暑假生活，都是在书店里度过的。

此时，我无法揣摩这个男孩，甚至无法抵达他的内心世界去探究。

他为什么读这么多的课外书？记录那么多的卡片？这对他的学业能有多大帮助呢？

这种疑问一直在心里困惑着……

春天以她特有的清香味道弥漫了这个城市。

在缕缕温暖的春天气息里，我读到了本城晚报的一则新闻报道：《行走在奇幻的世界里——记神童小作家龙云》。

报道称：龙云，今年十四岁，品学兼优，受家庭影响，自幼喜欢阅读和探险。爱好阅读的龙云有一天突然感到书架上的科幻小说不能满足他的兴趣，它们普遍缺少想象力和科学精神，于是突发奇想，用了半年的时间创作了一部二十余万字的科幻小说，被人誉为神童小作家。

这则报道的后面，还配发了神童小作家龙云的一幅照片。

龙云，正是书店里我经常遇到的那个男孩。

从此以后，在那家书店里再也看不到男孩的身影。

不日，被包装的龙云形象铺天盖地地出现在各种传媒上。

还有龙云签字售书的通告。

还有龙云新书的预告。

两年以后，十六岁的龙云被一所著名高校破格录取，这也是我在报纸上看到的消息。

消息称，从前的神童作家已经成长为今天先锋文坛的新锐。

照片上的龙云没有了天真的模样，瘦削的脸旁上看不到眼睛，参差缭乱的长发遮蔽了它们，像极了日本动漫人物。

我仍旧常常去那家书店。

在书店，我的眼前总出现那个“哧哧”发笑的男孩，他倚在书架旁迅速记录卡片的身影。

我在久久思索，他真的是一个神童吗？

无辜的字母

○曾　颖

医院门诊大厅，一个老人颓然地坐在台阶上，眼眶里无休止地往外冒着水，他低垂的手上拎着一张化验单，像枯树上挂着的吊死鬼一样，面色苍白，魂不附体。

这又是一个被宣告了死刑的可怜人。

过往的人们，从他的表情中，看出了死一样的绝望。

天很冷，台阶很凉，老人的鼻尖，挂着一滴不知是鼻涕还是眼泪的黏性液体，在风和地心的引力下一点点壮大，有摇摇欲坠的趋势。

旁边一位比他更老的太婆过去拍拍他说：大兄弟，快起来，小心着凉了。

像敲在树桩上，没有任何回应。

太婆更担心他，就说：没什么大不了的，现在医学发达了，啥病都有得治，你看我，二十年前就查出乳腺癌，现在还不照样好好的？

老头这才意识到有人在和他说话，用手背把鼻子上的悬挂物蹭掉，说：大姐，谢谢您关心，我没事，没事。

他说话间，化验单脱手，被风带着，飞了很远。

太婆赶紧上前帮他捡起，乘机拿起来对着光看看，以满足好奇心。久病成医，她能从化验单上，看出些道道来。

但化验单上，除了血脂一项偏高之外，基本没有任何异常。她还从没看过谁拿着一张血脂偏高的血液化验单像拿着癌症晚期诊断书。

她把化验单拍到老头手上，说：大兄弟，你这年纪，各项指标还这么好，要是换成我，高兴还来不及呢，只是血脂高了点儿，少吃肥肉就行了，没事，没事。

老头抬起脸，眼睛里是无底洞一样的绝望，他哽咽着说：大姐，您……您不懂，这化验单，可是要了我的命了！

为什么？

您看那血型。

血型，A，有什么异常？

可多年前我查过，是AB型。好多年没进过医院，前段时间住院，查，居然是A型，今天，我是来复查的，不成想还是A。

查错了或者记错了是常有的事，我以前还老说错自己的血型呢，只要没输血，就不碍事！不就是少了个B吗？没关系！

可就是这个B，把我害惨了，它毁了我的生活！

哪有这么严重？

三十多年前，我和妻子生了一对双胞胎，龙凤胎，我们俩都在机关工作，收入也可观，她漂亮，我有才。两个孩子的到来，如锦上添花一样漂亮……

这挺好的，挺幸福！

可在女儿两岁时，一次住医院，查血，居然是O型。

O型？这有什么奇怪的？

我妻子是O型血，我当时记得自己是AB型，我在乡下当过赤脚医生，知道，AB型和O型，无论如何都不可能生下O型血的孩子的！

于是，你怀疑孩子不是你的？

对，不仅仅是怀疑，而是恨！恨妻子，恨孩子，恨天，恨地，恨所有笑着的人，因为我是唯一一个从此没有欢乐的人。一想着妻子的背叛，一想着我爱着并为之付出的孩子竟是别人的，我都快要疯掉了，我连杀人放火的心都有了。我的妻子甚至不知道我为什么变得这么可怕！而当她知道原因后，第一反应，就是决定和我离婚，她说不能忍受这无端的猜忌，而我却觉得她做贼心虚，我们什么事都干了，唯一没干的，就是重新查查自己的血型，我甚至从来没有怀疑过自己的血型会有什么错。可现在才发现，错，真是错了，如果我只是A型，那孩子O型血就很正常。这一个小小的B，像一块巨大的石头，砸烂了我本来美满如画的生活！让我怀着深深的恨意，独自过了几十年。

那，她和孩子们，现在怎样？能不能去告诉他们？

告诉？谈何容易啊！她和孩子们离婚第二年就迁到省城去了，因为恨他们，我也从没留意过她人的下落。况且，即使知道他们的下落，我哪有脸再去找他们，孩子们可能早已不知道，世界上还有我这么一个人！

这个故事，是太婆在半年后当成奇闻讲给我听的。她说：一个小小的字母，可以毁灭一个人的生活。但我却觉得，在整个事情中，字母都很无辜。

瞅一眼

〇张国平

小城老街的仇家巷只是一个普通得不能再普通的胡同，像一般的北方胡同一样，很窄，青砖铺就的路面，被岁月的脚步磨出了凹面。巷子两边是清一色的老式瓦房，瓦缝里的杂草在房顶上探头探脑，仿佛在窥视人间的一切。

在小城，尤其老街，仇家巷很有名，全因为仇世延。仇世延并非什么大人物，只是一个老裁缝，而且是专门做寿衣的。仇家巷深处的一个小院落里，常看到一个戴花镜、留长须的老头，那便是仇世延。

仇世延做寿衣也就是近几年的事，他原来并不做寿衣，是给活人做衣裳的，现在全穿成品衣，几乎没人再做土里土气的手工衣裳了，所以仇世延才无奈地改做寿衣。按仇世延的话说，反正都是活儿，只要不把仇家的手艺丢了就成。

到仇世延这里，仇家做裁缝已经三代了。说起仇世延的手艺，老街的老人们最清楚，没有不竖大拇指的。裁缝都要用尺子，胸围、臀宽、袖长、腿高，先用尺子量好了再做，而仇世延不，仇世延只用眼瞅，前后左右瞅一阵便让顾客留下布料走人，等顾客再来取衣裳，穿身上一试，长短胖瘦准合适。

都说仇世延做衣裳是一眼准，都管他叫仇一眼。又因为老街人吐字不准，把“仇”说成“瞅”，仇一眼也便成了瞅一眼。有人说这样喊仇世延更贴切，“瞅一眼”就成他的绰号了。

几年前渐渐发觉裁缝铺门前人流稀少，仇世延便拿把剪子左看右看。剪子还是那把剪子，一样锋利，一样在布料上行走如云，仇世延琢磨了再琢磨，不是手艺退步了，而是世道变了。

仇世延寂寥地站门口望大街，街口依旧是人流如水，可拿布料朝胡同里拐的人却少之又少了。于是，仇世延便唉声叹气，频频摇头。这时，有人来了，但不是给自己做衣裳，而是让仇世延给他死去的老子做寿衣。

我只配给死人做衣裳？仇世延摔了剪子，把那人轰走了。那一夜仇世延辗转反侧无法入睡，老泪打湿了枕头，觉得对不起仇家的手艺。

眼睛熬成了鱼泡状，天亮时仇世延想明白了，给死人做寿衣也比把祖传的手艺丢了强，于是他便谢绝一切活人的衣裳，在门口挂了一块牌子：“专做寿衣”。

干啥就是干啥，不可一心二用。仇世延对旁人解释。

给活人做衣裳不用尺子，只瞅一眼，但自从在门口挂出“专做寿衣”的牌子，仇世延却拿起了尺子，做寿衣前必到死者的身边，认真地量了又量，然后才开剪做衣。

给死人做衣裳凑合着算了，还值当下恁大功夫？有人问。

你不懂。仇世延说，人活一世不容易，吃苦受罪，遭受煎熬，死了总得体体面面，风风光光。

所以仇世延做出的寿衣，总是雍容华贵，流光溢彩。仇世延做寿衣后名气不但没有降，反而比给活人做衣裳更出名了。不管政界的、商界的还是平头百姓，也不管老街的还是新区的，儿孙们总习惯让仇世延给故去的老人做一身体面的寿衣。

仇世延裁缝铺门前又重新人来人往了。

仇世延却有一规矩，一天只做一套寿衣，从不多做一件，而且是当天量体，次日才能拿寿衣。有的儿孙们急着给老人出殡，就说，劳驾您多做一套吧，我们不图你做得得体，图的就是你瞅一眼的名气。

这时，仇世延必跟人急，瞪眼睛问，咋？我改做寿衣还不够给仇家裁缝丢人的吗？活人已经耻笑我了，我不能再让故去的人不满意，把牢骚带给我的先人。

做好了头一天量好的寿衣，仇世延便拿一本旧书在院当中看，边看边等人来取。《三侠五义》《杨家将》《劈山救母》，全是些行侠仗义的书，书中的人物都是仇世延敬佩的。所以仇世延看得极认真，头深深地探下去，老花镜耷拉在鼻梁上，嘴里嘟嘟囔囔，生怕遗漏了书中的情节。

这天，仇世延做完寿衣天已擦黑，读了一阵书，仇世延刚想进屋，从门口神色慌张地进来一个人，进门便扑通跪在他面前，说啥也得让仇世延为他老子做套寿衣。一般情况下仇世延是上午去量体，下午做寿衣，擦黑等人来取，人走了便看书休息，不再接活儿。

仇世延就说，明天吧。

来人哭丧着脸说，最好今天吧。老人死得屈，死前已厌倦了人世，留话说死后让他早点入土为安。

规矩不能破。仇世延黑着脸转身进屋了。

我加钱，多少钱都行。来人塞过来一把票子。

滚！仇世延吼一声，如火山爆发。来人只好灰溜溜走了。

仇世延的儿子也不知怎么知道的，来劝爹，下午那人千万别答应他呀。

咋？仇世延问。儿子说，你知道死的是谁不？是被挤下台的副市长，谣传他还有经济问题。儿子说，现在谁还敢跟他沾边？听说很多人连他追悼会都不敢参加。你给他做寿衣，恐怕我也会受连累。

世态炎凉啊。仇世延挥手让儿子走了。

儿子的体型一定像老子。仇世延破了规矩，闭眼睛回想擦黑来人的模样，“嗖”地拿起了剪刀。

选 择

〇周海亮

两架直升机将他们送到丛林边缘，悄无声息。他们潜至丛林深处，偷袭了敌军一个基地。他们沿原路撤退，十三个人，变成了五个。一个班长，一个俘虏，三个兵。他们必须在天亮以前赶回丛林边缘，那里仍然等候着一架直升机。只有一架直升机，所有人都知道这已经足够。

他伤得很重。两颗子弹从腹部钻进去，从后腰穿出来。两个兵扶着他挪动，脚下的土地被犁出一道浅痕。伤口鼓起血泡，有时是腹部，有时是后腰，嘭一声破裂，像一枚子弹爆炸。周围危机四伏，随时可能从某个角落射来一排子弹，将五个人齐齐打倒。

俘虏的伤势更为严重。他血肉模糊，任班长扛在肩上，四肢荡来荡去。他不停地呻吟，声音忽高忽低，嗓子里似乎藏了不知疲倦的哨子。班长将他的嘴巴缠上绷带，那哨子却又钻进鼻孔，扯起尖锐的哑音。班长命令所有人加快脚步，他说假如天亮前赶不到预定地点，直升机将会把他们永远丢弃在这片丛林。

可是无法加快脚步。激战已经让他们筋疲力尽，两个伤员更是重达千钧。

他们坐下休息，商量对策。此时天色微明，丛林里静谧一片。班长说我们必须放弃一个人……不然的话，当天亮，我们必将全部死在这里。

两个兵看着班长，不说话。

班长说也许俘虏对战争更有意义。

两个兵一起愣住。

我们不能这么做，一个兵说，他是我们的兄弟，而他是我们的敌人。

他只是受了伤，另一个兵说，他还没有死。

我已经决定了。班长的手朝下一劈，三条命重要，还是一条命重要？

那就把俘虏杀死吧！一个兵说，也许他什么也不知道，也许他什么也不会说……也许，即使带回去，他最终也会被毙掉……我们的任务只是偷袭，我们没有义务带回一名俘虏……没有人知道我们抓获过一名俘虏……

可是我们的确抓到一名俘虏，他也许可以让我们少死很多弟兄。班长说，我已经决定了，就照我说的去做。

班长站起身，命令两个兵架起俘虏。两个兵不肯就范，班长就端起狙击步枪，近距离瞄准兵的脑袋。请相信我，分不清他的声音是恐吓、命令还是哀求，我远比你们痛苦。

班长走到伤兵身边，蹲下，盯着伤兵的脸。伤兵呼哧呼哧地喘着气，眼睛里喷射出火和泪水。班长问，你都听到了？伤兵说，你不会这样做的。班长说，我知道你会恨我，可是我没有办法。伤兵说，请带我一起走。班长握了握他的手，说，对不起。伤兵说，求求你带我一起走。班长说，我得顾全大局。伤兵说，可是我还没有死。班长说，你已经死了。伤兵说，我真的还没有死。班长说，不，你已经死了。

班长站起来，伤兵抱住他的腿。班长迈开脚步，将伤兵拖出很远。班长低头看看伤兵，突然泪流满面。他紧攥拳头，抬腿将伤兵踢开。伤兵号叫着，咒骂着，打一个滚儿，爬着，再一次抱住班长的腿。他仰起脸，目光中尽是恐惧和绝望。班长看着他，说，放手。伤兵却抱得更紧。班长五官扭曲，面目狰狞，他低吼一声，再一次踢开伤兵，然后从腰间拔出手枪。他把手枪扔到地上，对伤兵说，只有一颗子弹……不能让他们将你活捉。

伤兵第三次爬向班长，手指如钳。班长灵巧地跳开，将脸扭向别处。他命令两个兵，出发！一滴眼泪从空中落下，被他的牙齿咬得粉碎。

那一刻白色的月光透过云层，照着班长和他的两个兵。那一刻伤兵端起手枪，瞄准班长黑色的后脑勺。伤兵的胳膊剧烈颤抖，五根手指僵硬抽筋。伤兵牙关紧咬，枪就响了。

子弹像红的炭火从班长的头顶呼啸而过。班长没有回头，也没有停下脚步。伤兵扔掉手枪，像一只将死的狗般喘息……

伤兵回到家乡，养起牛羊。他从不说战场上的事情，似乎他从来没有打过仗。只是夏天时候，人们偶尔会在他的肚腹上发现两个并排的伤疤。一模一样的两个伤疤，就像一对亲热的兄弟。

母亲问他，听说你哥在战场上，把你扔下不管……是真的吗？

他说没有……那次是我自己掉队。我掉了队，却捡回一条性命。

他和母亲不再说话，静静地看着桌子上的照片。照片里年轻的班长，每天都在冲他们微笑。

大　案

〇相裕亭

星期天，乡政府大院里静得很。

办公室主任陶家祥想给在省城读书的小闺女打个长途电话，领着小孙子，转着玩一样，来到乡政府。

上楼，看到二楼小林乡长休息室房门的锁鼻子被人撬断了！地上有根棒状的东西，是二楼卫生间用来捅下水道的一根铁棍。

乖乖！乡政府大院进贼了！

陶主任的第一感觉是要保护好现场，当即打电话到派出所，陶主任在电话中说："林乡长的房间被盗，你们赶快派人来！"

是谁在林乡长回县城家里的时候，把他的房间给盗了呢？派出所接到报案后，所长、指导员亲自驾车来了，三四名民警，还有联防队员，仔细地查看了现场，反复地拍了照片。在询问被窃物品时，陶主任把所长和指导员单独领到会议室。陶主任说："今天是星期天，林乡长难得回县城休息一天，我们能不能先不惊动他？"但陶主任提出来：最好要赶在下周一上班之前，把这个案子破了，并追回被盗的财物。那样，对林乡长也好有个交代。

所长和指导员，是两个年纪轻轻的大小伙子，听陶主任这么一说，当场表态：要全力以赴，力争在24小时内，拿下这个案子。

陶主任在连山乡是"元老"了，书记、乡长不在的时候，他就能代表同级党委讲话，他给派出所调来乡政府的小车，并通知食堂的炊事员，为派出所的干警们做好后勤服务。这期间，陶主任坐镇指挥，大约在凌晨三点的时候，犯罪嫌疑人郑大保被揪到了派出所。

这个郑大保，是派出所的“常客”了，据乡政府对面小店的人提供的线索，星期六下午和星期天上午他两次单独溜进乡政府大院。派出所的干警们几经周折，才在一家网吧将他抓到。审讯，是在下半夜进行的。

天亮以后，所长和指导员拿着郑大保按过血红指印的笔录，找到陶主任，说郑大保行窃的来龙去脉都记录在纸上，要不要他们亲自跟林乡长汇报?

陶主任看他们连续奋战了一天一夜，一个个眼睛都熬红了，接过郑大保的笔录大致翻了翻，说：“你们看，这样好不好，笔录先放在我这里，等一会儿林乡长上班后，我先跟他把情况大致说一下，如果需要你们来，我再打电话给你们!”

所长和指导员都点头说：“好!”

八点多一点，小林乡长来到办公室，打开门窗想换换室内空气的时候，陶主任拿着郑大保的笔录进来了，开口就说：“林乡长，有个重要的事情，需要跟你汇报!”

小林乡长一边擦着桌子一边说：“什么事，说吧。”陶主任说：“有一个小偷，到你的房间里盗窃东西，已被派出所连夜抓获!”小林乡长愣了一下，但他很快镇静下来，问：“是谁，这么大的胆子?”

陶主任递过手中的笔录，说：“是连山的郑大保!”

小林乡长接过笔录，很是入神地看了起来。陶主任一旁掏出香烟，一手划着打火机，一手给小林乡长递上一支。小林乡长抽着烟，深吐一口烟雾，晃着手中的笔录，问陶主任：“这个郑大保呢?”陶主任说：“还在派出所。”

小林乡长放下笔录，掉头去他房间里查看物品去了。陶主任随后也跟了过去。

小林乡长床上床下看了两眼，转身跟陶主任说：“他偷了我什么?”

陶主任说：“材料上说得很含糊。”

小林乡长扔掉了手中的烟蒂，说了声：“胡闹!”背后扔给陶主任一句：“你跟我去派出所看看!”

陶主任猜到，林乡长是想把他丢失的东西跟派出所说说，这也正是派出所所要掌握的。他紧跟在小林乡长的身后，一同奔派出所去了。见到所长和指导员时，小林乡长说房门是他自己撬的。

星期六的晚上，小林乡长急着往家赶时，一时慌忙，把一串钥匙还有手机什么的都锁到屋里了，他考虑房间里除了一张床，也没有啥贵重的东西，随手去卫生间找来根铁棍给撬开了。本想等星期一上班后，再让陶主任找人把锁鼻子换一个，没想到，惹出这样一桩冤枉案。

喜欢废铁的沈老汉

○吴新华

沈老汉守在收购点门外，远远地看见一个穿着破衣服的男子骑一辆旧三轮车过来，他满面笑容地迎了上去……

沈老汉五十多岁，已是白发白须，一脸的憔悴。沈老汉有个独子阿将，35岁了，还没有媳妇儿。阿将处过几个女友，女方总嫌他家贫穷。沈老汉为了挣钱帮儿子娶上媳妇儿，东借西凑一笔资金，办了一家废铁收购点。

沈老汉给那个男子递了一支烟，倒了一杯茶。男子叫火强，以前也卖给沈老汉废铁。火强说："老头儿，你怎么看上去像我们外地人一样？"沈老汉笑笑说："外地人怎么了？与本地人一样啊，都是中国公民。"火强弯腰开始从三轮车内搬废铁，沈老汉过去帮忙。火强一看慌乱起来，忙挡住沈老汉说："这点小事，怎么能劳大叔出力？"火强见沈老汉没有坚持，向那些废铁望了一眼，松了一口气。如果沈老汉过去搬废铁，秘密一定会被发现——在两根粗铁管里，塞满了泥沙。

称完废铁，没经沈老汉验收，火强快手快脚地把废铁倒入场地的铁堆里。沈老汉笑呵呵地说："年轻人，辛苦了。"火强偷偷地笑着想，沈老汉真是个糊涂蛋！

阿将回来，他一眼便在铁堆里发现问题——新收的两根废铁管里塞满了泥沙。阿将瞧着沈老汉说："爸，你怎么这样收废铁啊？泥沙当废铁，我们亏损不起啊。”沈老汉说：“放心，我们没亏。”阿将瞪着沈老汉。沈老汉继续说：“我收购的时候，就发现了这事，本想揭露出来，怕他丢了丑，今后不来做生意。最后我也用了一个雕虫小技。”阿将疑惑的眼光望着沈老汉，沈老汉说：“过秤时，我换了秤砣，把那四十多斤泥沙扣除了。”

沈老汉的生意逐步走上正轨。沈老汉对待卖废铁的顾客总是满面笑容，有时笑得像个孩子一样。可是对来卖好铁、新铁的顾客，沈老汉总是眉头紧锁，一脸不悦，好像人家欠他什么似的。一次，老张送来废铁，沈老汉笑呵呵地把废铁收了，却对好铁不屑一顾。老张火了，说：“沈老头，你脑子有问题，人家千方百计要好铁，你却偏偏喜欢废铁啊。”沈老汉说：“收废铁我晚上睡得着，收好铁新铁晚上睡不着啊。”老张说：“怪人。”摇着头离开了。

一天晚上，火强载来了一三轮车新铁管。沈老汉把头摇得如吊钟一样。火强说：“你真不会做生意，开铁庄口，不收好铁谁信啊。”沈老汉来回走了几步，还是摇头说：“我不能收。”火强说：“这些铁管，我也是收来的，挣点小钱。我从来没做过偷鸡摸狗的勾当。”沈老汉又摇了一下头，火强火了，说：“如果这次你不收，今后我不会卖铁给你，还会叫我的老乡与你断绝业务。”沈老汉全身一颤抖。后来沈老汉颤抖着手收购了火强的好铁管。

沈老汉为人诚实，价格公道，远远近近的拾荒者、小贩总喜欢把废铁卖给沈老汉。沈老汉的生意渐渐地旺了起来。

那天，沈老汉出事了。片警传唤沈老汉进了派出所。原来火强卖的那些新铁管是赃物。火强坐了牢，沈老汉也被行政拘留了10天。

沈老汉进去后，阿将打听来打听去，终于弄明白那事是被人举报的，不然公安人员怎么会查到他们头上啊。

阿将想来想去——自己家没有仇人啊，谁会是举报人呢？阿将找片警几次，想知道举报人是谁。片警说，你想砸我饭碗？别说举报人我不认识，就是知道，也不会告诉你的。

阿将想找到举报人，要砍掉他的一根手指。他放出风声，谁能提供举报人的名字，他愿出 5000 元。

沈老汉进去后，大家很同情沈老汉，说他被贼害苦了。新老顾客都来关照收购点的生意，收购点红火起来。

阿将却念念不忘查出那个举报人。他每天关注收购点进进出出的行人，可是观察了很长一段时间，就是没有发现可疑人员。那天，沈老汉去了外面，搁在桌子上的手机响了。阿将一听，吓了一跳，来电人自称是派出所的民警，请他去派出所领荣誉证书和举报奖金。他更糊涂了，问，举报什么？民警说，一起收赃案啊，让我们破了系列盗窃案件。

阿将的头疼痛起来，想了很久也不明白，爸怎么会举报自己收购赃物。

库长片昆

〇丘脊梁

片昆君是山里第一个喝过洋墨水的人，从东洋回来后，他就成了国军的军官，没几年光景，就当了国军第五十六战备库的上校库长，仕途上颇为亨通。

那时节天下虽不太平，但平江这地方还是没发生大的战争，上校库长片昆君日子过得当然就清闲。一清闲就无聊，一无聊就想找点乐子，于是他就恋上了赌博，小赌似乎不是很过瘾，大把进大把出那才叫刺激呢。反正片昆君干的是个肥差，有的是钱。然而赌久了，他的豪强赌性就养得愈来愈大，自己的钱输光后，他就变卖战备库的物资去赌，稀里糊涂的半年下来，一个战备库的大部分粮食、被服都给他输得差不多了，他清点后额上不由有了冰冷的汗珠冒出。

这时，日军正好在卢沟桥挑起了战端，平时作用不太明显的战备库，一下就引人注目起来了。上级决定在近日里检查所有战备库的库存情况，以确保战时之需。片昆君接到通知时，脸色吓得惨白，瘫在太师椅上软软的坐都坐不起来。

幸亏他的亲信参谋脑瓜子还灵活，帮他出了个主意，连夜雇人将稻草、茅柴之类的打成包，堆入库房，再在上面盖上些真正的库备物资，看上去，整个战备库大大小小的仓库都饱饱满满，一物不差。片昆君想，事到如今，也只好如此了。

上级派来检查的人没多久就走了，片昆君好好招待，总算蒙混过关，但他的内心却并没有轻松多少，因为他知道日军已打到了武汉，国军很快就要动用他五十六库的战备物资了。

拿钱去买，他哪儿来这么多钱，又上哪儿买啊，兵荒马乱的岁月，粮食比什么都金贵。片昆君感到自己的末日快要到了。

这时却有一位穿着青布棉袍的人出现在他的书房，“伊滕君！是你。”“片昆君，别后一向可好？”片昆君冷冷地说：“国尚如此，我能好吗？”伊滕君哈哈笑着说：“今日我们不论国事，我是特意一人从武汉赶来与你专叙同窗之谊的。”片昆君还是冷冷地说：“他日战平心静之时，再来叙吧。”伊滕君尴尬地正不知如何是好时，片昆君的参谋急急跑进来说：“库长，南昌来电，要我们三日之内调运二十万斤大米到岳州！”片昆君听后，脊背一凉，连连说：“完了，完了！”伊滕先是有些莫名其妙，之后很快就明白了，他哈哈笑着说：“片昆君，原来你为这事发愁呵，我两日之内帮你办好！”片昆君不解地望着他，伊滕诡秘地笑笑，起身告辞回武汉。

第二天下午后，正当片昆烦躁不安时，城外突然炮声大作，随即就有人大喊：“鬼子的飞机投弹啦！”片昆君站到窗前，只见城中已是尘土飞扬，火光冲天。又是一声巨响，他的仓库也着弹了，熊熊的大火噼啪作响。

仓库烧光后，库长片昆君终于去了一块心病。伊滕打来电话，笑着问：“片昆君，忙帮到了吗？”片昆君有些疚愧地说：“伊滕君，那天真是不恭，请您原谅，我太感谢您了。我想，我应当能为皇军做点什么。”伊滕高兴地说：“片昆君，您真聪明，我要的就是这句话啊。”片昆说：“我有很多重要的情况向您报告，希望您能像上次一样，单独来一趟。”伊滕快活地说：“好的，我明天就来。”

伊滕再次坐到片昆书房时，城中的焦臭还一阵阵地飘来。伊滕急切地说：“片昆君，我们好好谈谈吧。”片昆说：“请您先看看这边的风景如何?”伊滕的脑袋刚伸出窗外，片昆的枪就脆脆地响了。伊滕软软地滑落，片昆吹着枪口的青烟，无神地望了望窗外。窗外，有一排排的尸体，躺在惨白的阳光下。这时，片昆的眼中，有晶亮的液体在滚动……

患　者

○秦　俑

“这些年来，我像是在做着一场永远也没有结局的噩梦。”

这个男人在门口徘徊了很久，最后终于下定决心走了进来。他说他在一家精神病院做后勤，管病人们的吃喝拉撒。工作谈不上体面，收入还算可观。

“但我越来越厌恶这份工作。20 多年了，我受够了。整个医院似乎只有我一个人是正常的。包括那些医生，一个个眼神都怪怪的。在他们眼里，似乎所有人都是精神病患者。”他看上去有些激动，“我曾亲眼目睹一群病人将另外一个病人吊死在宿舍的横梁上。他们说屋子里太暗，需要挂一个灯泡。我不敢近前，甚至忘了报警，我怕他们将我也挂到横梁上去……”说着，他像是突然受到什么刺激，身体哆嗦一下，手颤抖着抽出一支烟。屋子里顿时烟雾缭绕起来。

我讨厌别人在我面前抽烟，但我是个有修养的人。“如果条件允许，您可以另外换一份工作的……”

“刚开始是因为生活所迫，我一家人的开支都要靠我这份薪水。”他猛抽了几口烟，心情逐渐平静下来，“后来儿子出生，太太下岗……再后来，父亲生病做手术，儿子要考大学，我得存钱在郊区买套小房子……”他说了很多，对我几乎毫无保留，他甚至说到了他的外遇，他跟一个比他小六七岁的女人偷偷相好。“这一切都需要钱，说起来，我还得感谢有这份稳定的收入。”

我发现我越来越享受这种谈话的过程。这个男人显然有些啰里啰唆，也许他太需要有一个人这么安静地听他倾诉。而我呢，也太需要有一个人，就像他这样啰里啰唆的男人或女人，坐在我对面的椅子上，向我讲述他藏在心底的忧伤、痛苦或者不幸。“再后来呢？”我知道这不是故事结局，甚至连高潮也还没有开始。

“再后来，大概半年前吧，我终于申请辞职了。医院领导挽留我，他们对失去一个老实本分、工作勤奋的员工感到很惋惜。”他看着我，眼睛里闪现出一刹那的光，就像一个在暗夜里四处奔跑的人，点燃了最后的那根火柴。“我试着开了一家小饭店，这样，我太太就不用再四处碰壁去找工作，而我儿子也可以安心继续他的学业……”他一边说着，一边又点燃了一支烟。

“对您来说，这也是自我解脱的一种方式吧。”我捏了捏鼻子，尽量让自己习惯这香烟味儿带来的不适。

“后来我发现了一些问题。”他打了个哈欠，继续说，“每天都有很多人光顾我的店，他们中的一部分，跟我在精神病院里看到的病人没有什么两样。他们对饭菜的要求是那么挑剔，还经常对服务员发脾气。他们耍起酒疯来跟精神病人一样可怕，我曾亲眼见到一个人，大叫着‘我给大家开个西瓜尝尝’，说着拿起喝剩的啤酒瓶往他上司的脑袋上砸……”

“真碰上这种倒霉事，您可以报警的。”我提醒他。

他低下头，像是陷入了思考，又好像经历了一番思想斗争。“最让我困惑的不是这些。也许我在医院待太久了，思维变得有些奇怪。比方说吧，有顾客点菜点到‘水煮活鱼’，我会一个劲地想他该不会跟我要钓鱼竿钓鱼吧；再比方说，有顾客多要一个小饭碗，我便开始担心他会趁我不注意时将碗砸碎；而当我离开餐桌，我会不停回头，害怕他们会在我背后朝我吐口水……”

“哦，是这样……”我沉吟着，“或许您可以将饭店盘掉，或者让您太太一个人经营。您还是回到精神病院去，继续之前的工作。相信有了这次的开店经历之后，您会更加珍惜原来的工作。”

“其实我已经跟院长打过电话，他说欢迎我回去。但我不敢对我太太说，我担心她会骂我不正常。”他长吁一口气，像是卸下了一个很重的包袱，“不过现在，你的建议让我全身充满了力量。”

在又一番发自肺腑的感谢之后，这个男人满意地离开了。房间里的烟味儿逐渐变得稀薄起来，我发呆似的看着对面那张空着的椅子，又一次陷入了无边的空虚与等待。哦，对了，差点忘了告诉你，我叫秦俑，我在S城的海豚路12号开了这家“心灵花园”心理咨询室，如果你在学习、生活或者工作中遇到了心理方面的困惑，欢迎前来咨询。

藏獒

〇聂鑫森

片警惠子明早就预料到要出的事，终于发生了！接到报警电话，正是上午十点钟，他刚从另一个住宅区处理完一桩失窃案回到派出所，想好好地喝杯茶，在空调室里歇歇凉，谁知道手机就急促地响了。

听完电话，他并不着急，不就是死了条藏獒吗？户主不就是那个在郊外开石膏矿的小矿主吗？何况他在听到平安山庄许多居民的反映后，曾经劝过这户人家，有什么必要养这种猛犬呢？那个叫厉太平的小矿主，还有他一身富贵气的小夫人景虹，说："管得着吗？让他们眼红吧！"

平安山庄有十几栋楼，或远或近地面朝着一个很大的池塘。池塘边种着一圈垂柳，翠幕珠帘，时时随风晃动；翠幕珠帘外是一圈用鹅卵石铺嵌的供人散步的小径。厉家是唯一的一栋紧挨石径的别墅小楼，三层，围着一圈铸铁栅栏，漆成耀眼的白色（被人讥为是一种石膏的颜色）。周围的高楼似乎都在拱卫着它，其实也在窥视着它，俨然成了众矢之的。当然，这种房子价格不低，一百万！从人文地理学的角度来看，这是一个"孤寒之位"，惠子明知道厉家喜欢的就是这种"唯一"，抖显的就是这个"派"。

五十岁但壮如牛牯的厉太平，晨出而暮归，开一辆很威武的"捷达"车，总是把喇叭按得震天响。

三十岁不到的景虹，常由一个小保姆陪着，花枝招展地去不远处的超市购物，什么东西时尚就买什么，大包小包的。

他们的孩子全托在一所“新贵族幼儿园”里，只有双休日才接回来。

一个月前，厉太平突然托人从青海买回来一条小豹子样的藏獒，是真格的“铁包金”，一身油黑发光，四只蹄子的边沿却是橙黄如金，据说花了三十万元。一旦家里没人，锁着很长很粗的铁链子的藏獒，便在铁栅栏内奔跑咆哮，为的是防贼，让人听得毛骨悚然。

惠子明的手机总是响个不停，都是平安山庄的居民打来的。说是白天有小学生经过栅栏时，受了严重的惊吓；晚上藏獒一有动静就叫，周围的人没法安睡；厉家夫妇黄昏时牵着藏獒在园子里散步，弄得其他的人都不敢出门锻炼了，万一那铁链子断了呢，不把人咬个半死?!

惠子明也去厉家劝说过，道理当然都显得软弱无力，人家触犯哪条法律了？现在好了，这条藏獒不知被哪个冒失鬼下药毒死了，他在心里说：活该!

年轻的所长忽然进来了，犹豫了一阵，才小心地说：“老惠，厉家给我打电话了，说是藏獒值三十万，是个大案子哩。还说，晚上要请全所的人吃个便饭。”

惠子明瞟了所长一眼，说：“我会去调查的。饭我就不吃了。”

所长笑了笑，说：“你不去，我们就更不能去了。”说完，匆匆而去。

惠子明在这个所，算得上是元老，虽说没什么实衔，只是有个副科级待遇，但近三十年的警龄，让人不敢不尊敬他。

他骑上那辆旧自行车，去了平安山庄的厉家。

那条藏獒躺在院子的水泥地上，保持着一种痛苦的姿势，身子蜷曲，嘴角残留着白浆，眼睛睁得老大；藏獒的身边是一只被有意折断脚爪、而后被撕咬成碎片的鸽子。

惠子明蹲下来细看了一阵，藏獒很明显是中毒而死的。而且断定，是有人让鸽子的羽毛涂染了剧毒农药，再折断双爪扔到铁栅栏内的。藏獒对活物的捕杀欲望，导致了它的死亡。

厉太平看样子是开车赶回来的，眼露凶光。景虹的眼角则含着泪水，显得很伤心。

“惠警官，你一定要破案！三十万的狗被哪个王八蛋毒死了，让他赔！不赔，老子买通黑道上的人，卸了他的一只手！”

惠子明瞪了他一眼，说：“你就这个德行！法治社会，容得了你胡作非为？”

厉太平连忙赔笑，递上一根烟，说：“我气糊涂了，对不起。”

惠子明用手挡开了烟，说：“这案子是要破的，我得去找线索找证人，是不是？”

景虹说：“我出外买东西，有人就下了毒，周围的人都没有瞎眼睛，难道没看见？还有，经常有人往院子里丢垃圾、扔大便，窗玻璃也被人用弹弓打碎过好几次。缺德呀！惠警官，你要为我们做主啊。”

“这个……你们尽可放心。把狗埋到乡下去，别让人弄了去吃，死了人，你们就脱不开干系了。从今天起，我就开始调查。”

“那就谢谢你了。”

惠子明真的开始在平安山庄，一户一户地走访，找大人小孩提供线索。

厉太平两口子天天都在等着破案的好消息。

十天过去了。

一个月过去了。

所有的人都异口同声：没看见什么人去毒杀藏獒。还说：死了好，若是哪天咬伤了人，那场合就闹大了。

惠子明想：这口径都像商量过的，群众才是明白人哩。你厉家显摆什么呢，大家心里憋的那口气，正愁没处发泄哩。

有一天，所长无意间问惠子明，案子破得怎么样了？

惠子明诡秘地一笑：“你希望我破吗？这难不倒我。可一旦案子破了，厉家就和整个山庄的人结下了大仇，他犯了众怒，有好果子吃吗？那时候，你砍我杀，所长呀，只怕你哭都来不及哩。”

所长笑了：“老惠，那厉太平你怎么应付？”

“这你就不用操心了，我会去找他们好好谈一谈的，说出其中的利害，他们如果还想在这里住得太平，就别无选择，只能夹起尾巴做人。”

又过了些日子，厉太平果然给所长打了个电话，说那只鸽子肯定是自己飞来的，翅膀上的农药也不知是怎么沾上的，藏獒死了就死了吧，反正我家再也不养这玩意儿了……

左膝盖

〇安石榴

不用想就能猜出结果——如果一个人一宿的美梦被惊扰五次，浑身瘙痒，陆续搜寻了一个晚上，当他终于锁定那只因暴饮暴食而显肥的蚊子时，心情只能这样：痛并快乐着。

此刻我们的主人公，他终于找到了它，他要灭掉它。

蚊子停在白墙上，一动不动，也许它在打饱嗝。他知道他使劲伸下胳膊就能打到它，但是他觉得应该稳妥些，为了下面的时间里他可以睡个安稳觉。所以他借助了一把硬木椅，他把左膝抵在椅子上，左膝盖闪电一样传来细而尖锐的痛，但当务之急是那只可恶的蚊子，他“啪”地把它拍成一个小泥点子。

他两条腿重新并在一起的时候，并没有忘记刚才左膝盖的疼痛，虽然现在不疼了，但刚才疼来着，关键是，为什么疼？

他觉得有必要再试验一次。他抬起左腿又跪到椅子上，并且加了一点力，钻心的痛又电流一样追到心口，心一沉：有毛病了？

他还是没有睡好，不再有蚊子作恶，但左膝盖的问题变成一只恼人的蚊子。

早晨一睁眼，跳起来直奔那只木椅，跪上去，他疼得叫了一声。

等到他给医生做这个动作时，疼得脑门上出了一层细汗。这个细节被医生尽收眼底，医生在做出判断之前重新提问：

你说你疼了半个月了？

是。

你说你没有受过外伤？

是。

他隐瞒实情只是为了引起医生的重视，他挂的是30元的专家号，不想被三五句话就打发了。

医生认为有必要做进一步的检查。先X光，没有异常；再CT，没有异常；等待核磁共振结果的时候，他突然紧张起来，竟希望最后这张报告单能出现点问题。他是这样想的：如果X光X不到，CT又T不见，核磁共振再振不出来，那就坏事了，一定是得了罕见的疑难病症，想治都没人会治！

医生拿着核磁共振报告单，露出一脸平淡的迷茫，要求他再试一次左膝盖，这次医生看到他脑门流下了汗水。

医生没给他开处方，建议他到省城大医院再看。

他心灰意冷。这种晴天霹雳的变故他见得多了，同事老丁发现肝癌到死两个月时间；邻居小刘得白血病只半个月人就没了。这样想着，他的心脏终于超负荷了，他支撑着蹩进一间小药店，含过救心丸之后，发现坐堂老中医正翻着眼睛从花镜上边看他。他踱了过去，把所有的检验单放在老中医面前。他并不相信这个连听诊器都不用的老先生，一点不，他只是控制不住想倾诉，于是，他仔仔细细地把昨晚到现在发生的事讲了一遍。

最后他说：我要死了。

为什么？老中医问。

我疼！莫名其妙地疼！他“嘟嘟”地敲着桌子上的几张报告单。

那又怎样？

我得了罕见的疑难病症！他要崩溃了。

老中医把报告单推向他：你没病。

我有病。

你没病。你别去跪左膝盖，它就不疼了。

废话！他愤怒起来。

老中医又从花镜上边看他：昨晚你光腿来着？跪在木椅子上？

得到肯定的答复之后，老中医呵呵笑了，说：你跪右膝盖，右膝盖也疼！

老朋友

〇东　瑞

潘小姐带着一身疲倦回家，心情却高度兴奋，一入闺房便摊开笔记本欣赏和重温今天“采访”的收获。“老朋友”的栏目下又添加了一位新人：某某大公司董事长某某，身家60亿……自己早就期盼有日能“跻身”这个“接触名人”的行业，虽然这一行业必须具有“铁脚神仙肚”的能耐，并不好受，但她自信爆棚，年过半百，身体好得很哩。

她得意地翻开自己采访的剪报，自个儿笑得见牙不见眼：李大老板，身家20亿。张会长，身家30亿。许董事总经理，身家50亿。姚行长，80亿……

她对自己在采访中用上“老朋友”一词十分满意。盖“朋友”也者，相识之谓也。他们今天在社会上出人头地，说明自己早年结交他们，自己也是有眼光的，也沾上一份光荣。朋友又非普通朋友，朋友而且曰“老”，当然年代久远，那种生死友情是不言而喻的。虽然采访时十有居九都是初识，不过文学性报导嘛，允许一些夸张，“老朋友”不是很亲切吗?

潘小姐仍是云英未嫁身，风韵早已消逝殆尽，因此颇有点自恋情结，喜欢将自己的访问杰作在发表后再读几遍，知情者讥为“自恋”。她喜欢吹拍，尤其是细心地在一些字眼上做文章，“企业家”前必加“文化”，“行长”前加“资深”，“大老板”前加“真正”，然后把访问过程加油加酱捏造一番，把自己与他们的交情“创作”出来，潇洒的笔法真是吓死人，“这年代生存不易，竞争激烈，不给同行一点颜色看看怎么行啊！”尽管城内“天皇”咖啡阁的退休闲人已封她为“城内三大不要脸”之一，她也略有所闻，“管它呢。我的耳朵不是专为他人而生！我笔下的人非富则贵，小小红包一拿出来就会压死人了，我后半生温饱也可高枕无忧呢！”

潘小姐捧着她的剪报本甜甜入睡了。

一早醒来，她十分感谢昨晚梦的启示。她梦见有出版商要出版她这本《非富则贵的秘诀》。“是啊……有了书，我也自然递进为作家了！”

花了一星期她把稿件匆匆交到出版社了。那个出版商向她伸出大姆指，大赞道：

“不简单，都是你的老朋友……不过，市道不景，先放几个月再说，好吗？”

天有不测风雨，人有旦夕祸福。

金融风暴就是那不测风雨，人性，也是另一类难测的“风雨”。

李大老板，漏税被逮捕。张会长，与某方勾结，贪污慈善大笔款项。许董事总经理，欠债累累，已宣布破产。姚行长现金周转不灵，已被政府将机构接管。某某，闹了丑闻。

出版商约了潘小姐，将高如小山的报刊推到她的面前……

“不简单，都是你的老朋友……这本书，你还想出吗？”

“……”

“潘小姐，我还听说，警方和有关部门正在追踪、调查这些人物和案件。他们对身为他们‘老朋友’的潘小姐很感兴趣，想请你配合，提供进一步的数据。他们的推理是，你既是他们的‘老朋友’，一定是知情者，可能会爆出惊人内幕……”

“……”

“从这个角度出书，你可能一炮而红！”

“这……”

“考虑一下吧?”出版商追问着。

“这，这……”潘小姐首次感到了呼吸紧促，抓惯“横扫千军”“妙笔生花”之神笔的手微微颤抖起来，“这，这……”

扁扁面

〇陈　敏

安吉农家乐供应一道面食——扁扁面。

扁扁面初以荞麦面为面料，配以熟羊肉、葱花、茴香、八角、辣椒、花椒、胡椒等熬制的羊肉汤，吃起来香而不腻，味道鲜美。

可安吉农家乐的扁扁面把这些工序全省略了，简单的水煮面，清汤寡水的，睁大眼睛也发现不了几颗油星子。用料也不讲究，在汤碗里盛上滚烫的面条，缀上碧绿的点点葱花即可。但凡老吃主都不会马上狼吞虎咽，他会不慌不忙地等上片刻，包花头巾的老板娘抱着一个石头碓窝“咣当咣当”一路走来，近了，一只瓦勺伸进去，“哧溜”一转，将一团又青又白的辣椒蒜泥扣到热气腾腾的面里。顿时，热气、香气、辛辣气扑面而来，让食者津液顿生，吃过大汗淋漓，浑身舒坦，过后回味悠长。

佐料如此简单，食客中就有不少模仿者，买回青辣椒大蒜回家里试做，却是一种难闻的呛味。

有人就把原因归结到老板娘的碓窝。一定是碓窝具有什么神功，让简单的青辣椒和大蒜的口味变了样？而那个碓窝从不离开老板娘的手。

碓窝看上去也不咋样，灰溜溜的，石头做的身子，腰部被一黄铜丝箍着，陈旧而古朴。偶尔也有客人问起碓窝，老板娘只是笑，并不作答。于是又增添了一份神秘。

东源隔三岔五光临安吉农家乐。

他步行而来。进了门，也不点别的菜，只吃那里的招牌饭——扁扁面。

东源，镇子里首屈一指的“石油大王”，山珍海鲜一概不沾，却极其偏爱面食。他有句口头禅：一天不吃面，走路打圈圈。不管有多忙，隔不了几天就要去安吉农家乐呼噜一碗扁扁面。吃过后把嘴咂得直响，然后用愉快的目光看着老板娘手里的碓窝，微笑着离开。

他时常想生暗气，自己的老婆，明里暗里，扳指头数来也有五六个，却没有一个会做面的。

东源有一天接到回总部的通知。他知道这次去了一时回不来。于是决定临走前一定要把老板娘的石碓窝买下来，不管她开多高的价。

东源赶到安吉农家乐，坐定，等面。他向来不用开口，老板娘会在第一时间里把面端上来。面来了，却发现口味大变，一股姜味刺鼻而来。他吃不得生姜，见生姜就过敏。回头查看，老板娘手里的碓窝不见了，取而代之的是一个细花瓷碗。花碗里装着细细的葱末和姜丝，机器切的。一样的粗细。

东源面露失望之色。他向穿得像门迎小姐般的老板娘询问：那个宝物，砸辣椒大蒜的碓窝呢？

哈哈！女老板娘咯咯一笑：“宝物？你说那个破石头碓窝是宝物？它是收拾老房子时从阁楼上弄出来的，陈旧破损得不成样子，放在家里与其他陈设格格不入。就将它送出去让人维修翻新，在身子上箍了块铜，咋就一下成了宝物了？”

“那它现在在哪？我想买下它。”东源说。“哟，你该早说呀，昨天被一个客人买去了！他好大方，竟然掏了200元。再说，我也用不上了，我把扁扁面改进了！”

“改进了？”“是呀，我把扁扁面改成棒棒面了，佐料也改了，你没尝出来呀吗？扁扁面与时俱进了！”

东源心里一空，正欲离开，却听老板娘说：扁扁面可简单了，在家里就能做。辣椒大蒜随便用什么捣碎都可以，关键是那辣椒，必须放在红火灰里煨一下，记住，一定要用烧过的草木灰煨！

东源一愣，似乎记住了老板娘的话，又像是没记住。

德富老汉的最后结局

○胡　炎

德富老汉给牛喂足草料后，便开始拉上牛去地里干活。在这样一个晴好的秋日下午，干瘦硬朗的农民德富老汉有着很好的心情，他和他多年相伴的老牛悠闲地踩着村路往自留地里去，所有的乡野风光看上去都熟悉而亲切，就像他身上的一块深及灵魂的皮肤。沙河依旧在哗哗地流，细密的波纹永无疲倦地揉搓着那轮干净浑圆的日头，麦场上一座座麦秸垛依旧散发着新鲜的麦香。有几条狗在玩着游戏，有一条正值青春的母狗显然已经懂得恋爱了……德富老汉就这样和他相依为命的牛走过了他稔熟的田园风光的一部分，口里喷着辛辣厚重的旱烟，不时很有资格地咳嗽一声……现在，他和老牛已经进入了那片待耙的自留地，走入了他生命中一个至关重要的地方，当然，也是这篇小说的重要场景。

这会儿年逾六旬的德富老汉打量着遍布麦茬的田野，温煦的阳光在田野上跳荡，这是个让德富老汉愉快而情意缱绻的地方。德富老汉每当在这片土地上耕种和收割的时候，总能闻到先辈们的汗腥味和臭脚板子的浓郁味道，德富老汉便会陷入一种痴迷，觉得自己正走进一个恒远的梦中。而每每最后提醒他的，还是几声沉实绵长的牛哞，德富老汉觉得牛哞是这世间最美好的语言。

德富老汉喷出最后一口烟雾，把长长的烟杆子在地上磕了磕，而后深情地打量着他的老牛。这是一头温驯无比的动物，对于鳏居多年的农民德富老汉来说，它简直是一个宠物，是与他的生命息息相关的一部分。在漫长的岁月中，老牛以它的温驯、沉默和勤劳给德富老汉带来了极大的安慰，德富老汉很难想象假如有朝一日失去了老牛他会是什么样子。

这会儿，天上的那轮暖阳正在缓缓西移，为德富老汉的人生烘托着一个结局前的氛围，这是一种难以言状的祥和，博大而宽厚，具有无比的包容性。当然，这时的德富老汉对此浑然不知。他审视着他的老牛，他发现老牛的眼睛比平常要亮一些，一束犀利的光穿透了他。德富老汉并没有往别处想，他只是感到老牛是越活越精神了。老牛冲着德富老汉点了点头，德富老汉非常满意地笑了。这是他亲自调教出的牛，德富老汉还记得当初买下它时的样子，那时的牛是个烈性子，很难驯服的，德富老汉用鞭子蘸上水好一顿抽，牛哆嗦了一阵，便再不敢耍泼了。在以后的日子里，德富老汉细心地照料着日渐衰老的牛，夏扑虻蝇，冬披棉褥，虽然还时不时要抽它一鞭子，牛也是毫无怨言的，只是更加卖力气。德富老汉想这牛是通人性的，它晓得打是亲骂是爱呢。

德富老汉向他的牛走去，开始为它套上耙犁。德富老汉右手攥住了鞭杆子，说：

“伙计，该干活了。”

秋日的下午一片静寂，德富老汉看到阳光在田地里流溢，金灿灿的很合他的意。在田野的东北方约十五米处，就是德富老汉先辈们的坟茔，草木丛密十分气派。德富老汉想这会儿先辈们也许正看他耙地呢，他是他们的后辈，是铁打的庄稼汉，不会丢他们的人。德富老汉向往着在这片田野上画上一个圆满的句号，而后到先辈们的中间去聆听他们对他这个后世子孙的评价。那评价一定是不赖的，德富老汉想。德富老汉曾为自己设计过几种结局，一种是寿终正寝；一种是正在田里干活便蓦地倒下，永远融入泥土，和先辈们一块扎根在这里，看世代沧海桑田，看自己的后辈们犁地；还有一种最美满的结局是和他的老牛一块静静地老去，相拥辞世，永不分离，为那边的列祖列宗们牵去一头有情有义的牛该是多美的事！……总之，这三种结局都让德富老汉坦然，这是一个温馨的境界。

德富老汉吆喝了一声。德富老汉的吆喝今天显得格外尖锐，划破长空，阳光也在震荡中轰鸣。阔大的田野渗进了德富老汉的声音，使德富老汉显得十分突兀而伟大。但是牛站着纹丝不动，好像根本没有听见德富老汉的吆喝。德富老汉感到了某种蹊跷，他又吆喝了一声，整个秋天的下午被他的吆喝声撕开了一条口子，但是牛仍然无动于衷。德富老汉觉得忍无可忍了，他为老牛今日的反常举动大为不满。“畜生！”德富老汉骂了一声，气急败坏地奔到牛头前，劈头盖脸地抽下了鞭子……

这个秋日的下午在这里开始定格，德富老汉走进了他最后的结局。就在德富老汉的鞭子抽在老牛脸上的时候，老牛猛地往前一冲，将德富老汉顶在了地上，然后，老牛前腿跪在德富老汉的腹部，用尖硬的犄角挑开了德富老汉的喉咙……

几乎无人可以接受这个结局。德富老汉血肉模糊的身体被送进了先辈们的中间，只是那头老牛被亲戚们打死后并未送去陪伴德富老汉，而是被剁成块分给村人吃掉了。

秋日一派祥和。

爸爸，你有权保持沉默

〇刘建超

爸爸，我可以不说吗？

不行！还了得，屁大点的年纪，竟然开始朦朦胧胧地和女同学暧昧起来了。

爸爸，没什么大不了的，不就几张纸条嘛！

几张纸条？几张纸条说明了事态发展的严重性，也预示了将来可能产生的恶果。说得多轻松，没什么大不了的，有什么能比这更大的？说，把事件从头到尾仔仔细细地说清楚。

爸，我有保留隐私的权利。

屁，在老子面前你精光溜净。说，这是怎么回事？

说就说，我班上一个女孩看上我啦，想跟我好。

为什么看上你，就你那熊样？

爸，瞧你说的。我这熊样还不是你呕心沥血培养出来的？

别耍嘴皮子。说！

你别以为现在女孩子都喜欢什么帅哥，我班女孩就喜欢酷哥。我就是酷哥。

酷？你哪儿酷？

我足球踢得棒，校运动会上，我班和一班争冠军，还剩十分钟时我班还零比一落后。关键时刻，我是边路包抄，带球突破连续晃过三名防守队员，禁区内一脚怒射，足球应声入网。打加时赛又是我的一个头球，彻底打败了一班夺冠的梦想。全班同学都高喊着我的名字，女同学说我场上的英姿特酷，像巴乔！

然后呢，说！

然后我班的大眼睛女孩就给我买了一杯冰淇淋，约我出去走走。

到哪儿？说！

咖啡屋。

咖啡屋？是不是老街拐角的旧梦咖啡屋？

爸爸，那儿有咖啡屋你也知道噢？

我，我当然知道。是你问我还是我问你？后来呢，说！

也没啥，就一块喝了两杯咖啡，说了足球、音乐。

后来呢？

没有后来了。

没了？这纸条上写的什么意思，什么梦的丘比特误伤了我的心。

爸，那是大眼睛从书上抄下来的，她说特喜欢这首诗，就抄下来给我了。

告诉你，小子，你老老实实地给我学习，考上大学才叫真本事，那才叫酷呢。上了大学，大眼睛小眼睛的多得是。你再敢和那个大眼睛来往，我砸断你的腿。对了，你们去咖啡屋，谁付的账？

爸，绅士风度嘛，当然我付账。

屁，你有绅士风度了，你那风度钱是我和你妈没白没黑挣的辛苦钱。

爸，老板是我班同学的哥哥，打六折的。上个星期天，我还去给他打工，挣工钱呢。

你到咖啡屋打过工？上星期天？

是，爸爸。我当服务生，给客人送咖啡。

那……你看到了什么？说。

没啥，爸，不就是你和一个阿姨一起喝咖啡嘛。我看你俩挺投入的也就没打扰你。那阿姨怪可怜的，你不是搂着她安慰她吗，她还哭呢。

这个事，是这样，大人们的事和小孩子不一样。我们有许多的经历，你们不懂，感情上的事有时是说不清楚的，你明白吗？

我们大人现在每天的压力很大，有时就得放松一下，不然有一天就会突然倒塌。你明白吗？

那个阿姨是爸爸高中时的同学，本来我们可以走到一块的，只是她家反对，现在她过得很不如意，丈夫对她不好，她很孤独，那次我俩也是偶然碰到一块的。你明白吗？

这件事你没有和你妈说，你做得对。看来你很理解爸爸。其实爸爸并没有伤害你妈妈，你明白吗？

你怎么不说话？爸爸在咖啡屋的事其实也没什么，都给你说清楚了。哎，你说话，表个态嘛。

爸爸，你有权保持沉默。

盗悔

○张晓林

清朝末年，雍丘、圉镇一带出现一个大盗，神龙见首不见尾，很少有人知道他的真实面目。

他的传说，倒不少。

一说他每次行盗一处，都要留下信物。信物是一形如龟状的紫铜利器。他所盗的人家，又多是大户豪富，这一龟状紫铜利器，也就屡屡出现在豪富人家的大梁之上。

大户豪富对他恨之入骨。

一说紫龟盗（因信物而落此雅号）犹喜盗古玩，哪个大户豪富手里有什么稀奇的玩意儿，他都想法盗去。除了古玩，他盗得的其他东西，大都送人了——送给穷人了。

大户豪富又恨他三分！

紫龟盗行盗，不拘常法，已达到一个很高的境界。

说那件事。

圉镇常子善，豪富，良田千顷，谷子常常霉烂在粮仓里，可叫他施舍给穷人一点儿，比在他身上割下一两肉还叫他心疼。这大户娶了七个老婆，七个老婆一个根也没给他留下（他积攒那么多粮食，是为的谁呢）。常子善有个癖好，喜欢去汴京“丽春院”“富春院”这样的场所，一去就是十天半个月的。有一次，常子善从汴京回来，却完全变了个人似的，一进家门就朝管家喊起来："开仓，开仓，给父老乡亲留下条活路！"时值圉镇大旱，已路有饿殍。

管家很吃惊，好像大白天见了鬼。打量一下，不错，是老爷！管家想，老爷可能想积点阴德，换个一男半女的吧，就开了仓。过了几天，老爷又回来了，一进门，就气昏了。管家才知道老爷并不想积什么阴德，先前来的那个老爷是假的！

这个假老爷，就是紫龟盗了。紫龟盗怎么能把常子善模仿得那么像呢？奇怪！

这一年，雍丘县来了一个新县令。

这个新县令有五十多岁，满头的头发都白了，连胡须都是白的。他一上任，就干了几件好事。其中一件，是重修了文姬祠（重修文姬祠的款项都是向圉镇几家大户摊派的）。圉镇人对文姬都很敬重，这个头发胡须都白了的新县令，在圉镇人中就落了个"清官"的好名声。

文姬祠修好那天，新县令召来了当地名流，文人雅士，开了个文姬诗会，来怀念这一代才女。

诗会临结束时，县令雅兴还不减，就喊来了家人，说让大家饱饱眼福。家人捧来一只小玉匣子，脸上神色极为凝重。那玉匣启开，里面有一玉龟。那玉龟并不是十分洁白，而是微带紫红，一双眼睛是天然的两个小黑点，龟的腹下，还有十来个小圆圈，看上去就像是龟甲一般。真是鬼斧神工，绝非人间凡品。

县令告诉大家，这是新从民间觅得的，属古玩神品，他已奏知圣上，不久将要作为贡品进京，大家眼福不薄，先睹为快了。

文姬诗会后数天，县令再一次造访圉镇。

这一次，县令一家十余口，男女老幼，都来了。县令面色槁枯，白发飘拂，就像一蓬秋草。他五花大绑，背上插着亡命牌，站在囚车之上。圉镇人都大惊失色，闹不清这清官短短几天为什么会落到这个地步！

很快，就知道了原委。

原来，前几天县令让大家看的那只紫红色玉龟，竟被紫龟盗盗去了。县令犯了欺君大罪，要灭门九族，选刑场，就选在了圉镇。

县令也是的，紫龟盗好盗古玩，他难道不知道吗？还在什么诗会上，叫人大饱眼福！何况那还是个紫色玉龟呢，紫龟盗一定很想见识见识了。

临刑那天，烈日炎炎。县令和一家老小十余口站在酷日下，那情景，叫好些围观的人都落了泪。

行刑开始，刽子手为叫县令好好体味一下欺君的代价，先把他父亲推上了刑台。县令父亲看上去七十多岁了，慈眉善目。老人挣扎着，头一个劲地摆动，似乎要摆出个结果来，可是，刀光一闪，嚓，那颗苍老的头颅便滚到了地上……

围观的人中，便开始有了低沉的呜咽。也有人开始咒骂起紫龟盗来。

第二个被推上刑台的是县令的小儿子，才有七八岁光景。刽子手又一次高举起鬼头大刀。人们用衣袖把眼睛遮住了——这时，就有个人炸雷般地喊了一声："慢！"众人看时，惊呆了。这人竟是人们交口称赞的圉镇名士范二。他曾搏杀过为患乡里的土匪头子胡七——现在，他手里却捧着一只玉匣，凛然地走上刑台——他就是那个神秘的紫龟盗!？圉镇人困惑了。

几个刽子手把范二先生绑了，装进了囚车。

三天后，范二先生，紫龟侠盗，悬头城门。看得出，他脸色上有些后悔，他后悔什么呢？

不久，县令迁官京城。

后来，民间又有了传说，说县令是用计捉住范二的。至于什么计，他们都说不上来。还说，那个被砍头的老人却不是县令的父亲，因为有人认出了他。他是雍丘街上的一个哑巴老乞丐（一个哑巴乞丐，临死前做了一回县令的爹，也算是很值得了）。

那个紫色玉龟呢？县令进贡给圣上了吗？

谁知道呢？——这事！

孙悟空下岗

〇刘万里

唐僧去西天取经，在五指山下救起了孙悟空。孙悟空不胜感激，一路无微不至地照顾唐僧。话说他们来到了梦庄，唐僧遇见了多年没见的好友，好友拿出尘封了千年的美酒招待他们师徒俩，他俩一时贪杯，一下喝得大醉，等他们醒来时，时间已是三千年。

唐僧一下急了，哭着说：“这如何是好？取经的时间叫我耽误了，我回去怎么交代呢?”

孙悟空发现唐僧身旁有一张红头文件，便递给了唐僧：“师傅，你看这是什么?”唐僧看了破涕为笑，说：“接上级指示，西天取经改为网上取经。”孙悟空问：“何为网上取经?”

唐僧说：“现在科技发达了，全世界都联网了，坐在电脑面前，几个指头一按，就把经书取了回来。这样也好，既节省了时间，又避免了西天路上将要遭受的九九八十一难。”

孙悟空抓耳挠腮地说：“人人都说我神通广大，如今在凡人面前我也自叹不如了。”

唐僧叹了一口气，说：“原计划给我五个编制，如今只保留一个编制，现在全国上下都在精简机构，精简人员，我也没办法。徒儿，你还是趁年轻，赶紧去另寻去路吧！”

师徒俩抱在一起痛哭而别。

孙悟空下岗后，心里空荡荡的，整天无事，就在街上闲逛。一天，他在武校的门口看到了一则招聘武术教师的启事，就高兴地前去应聘。

校长问悟空："你什么学校毕业的？"悟空一怔，半天说不出话。

校长又说："把你的毕业证、职称证拿出来让我看看。"

悟空说："我什么都没有。"

校长生气了："你开什么玩笑，什么都没有竟敢来应聘。"

悟空急了，说："想当年我大闹天宫，十万天兵天将都把我没奈何！凭我的猴拳和我手中的金箍棒，就足以胜任武术教练一职！"说毕一个筋斗腾云而去。

悟空又多次去应聘，因他没文凭，结果一次又一次地碰壁。无奈之下，悟空就在街上摆起了地摊。悟空起早贪黑，省吃俭用，一年下来，人也瘦了不少。

一天，悟空想起了好久没回花果山了，也该回去散散心，便收拾行李前往花果山。一看，连他自己都没想到花果山变得比当年还美百倍。他眼睛一转，计上心来，他想开一个花果山旅游公园。

一年后，花果山旅游公园正式对外开放，凭悟空的知名度，再加上媒体的炒作，公园游人天天如云。

悟空成了大款，他还捐资修建了几所希望学校，这都是后话了。

攻　关

〇钱立青

的士刚到金海酒楼门口，潘茂就迫不及待地下车，朝电梯口奔去。今晚潘茂要请人事局的颜局长吃饭，之前约了 N 次，好不容易等到这个机会。

电梯门一开，里面四五个人全是女的。潘茂低着头进门，对电梯服务生说了声 988，后面有人笑了，还嘀咕包厢号码怎么都差不多。潘茂下意识地抬头看看，和自己年龄相仿显出成熟味的一位卷发女子，正露出一排白白的牙齿。他不好意思地笑了笑，就转过高大的身子，随后听到的便是一阵窃语和笑声。

潘茂安顿好包厢客人，又到楼下大厅去点菜。他知道今晚请客的意义重大，自己虽然作为人才引进，可市里仍然没有承诺解决与爱人两地分居的问题，孩子转眼就要上学了，这些压力都集中在今晚的饭桌上。一定要点好菜、陪好酒，让颜局长高兴。

回到电梯口，门刚关上，潘茂赶上去一按，门开了，嘿，还是刚才那位卷发女子。“又遇上了。”女子搭讪的语气里充满善意，似乎一句话就让电梯咫尺空间里变得和谐起来。潘茂说：“真是有缘，你也去点菜吗？”

“是啊，可巧，我们在你隔壁的 998。”“这里哪些菜不错？”

“那你看我点就知道了。”就这样与卷发女子认识了。点完菜后两人边走边聊，到了包厢门口，恰好颜局长走出来打电话，眼睛瞅着潘茂与卷发女子。潘茂恭敬地站在一边，卷发女子挥挥手就走了。

颜局长打完电话，眼睛向四周搜了搜问："都到齐了吗?"潘茂点点头。颜局长问："刚才那位是——"

"那是我同学，电梯上碰到的。"潘茂的反应还比较快——毕竟是经济学博士。颜局长笑着说："也是你们研究院的？要不请她一起过来吃饭?"

潘茂刚才听说她请医院的人吃饭，就忙说："她在卫生系统，已有安排，就在隔壁。"说完觉得自己后半句话完全是多余的。

酒宴开始了。三巡过后，颜局长说："小潘，你同学那边怎么样了？要不要过去敬敬酒?"

潘茂说："算了，她们领导都在。""有领导更要去了，去敬敬酒。要不，我陪你一同去。"

潘茂想这下坏了，只是刚刚认识，才说过两句话，现在过去敬酒，那不让人笑话吗？他心里镇定了一下："这样，颜局长你们慢慢喝，我过去侦察一下，要不请她过来给大家敬酒。"说着瞟了瞟对面的颜局长。

颜局长本来脸色泛红，听了这话脸色更好看了："那也成，快去快回。"

潘茂出来后，心想今天怎么闹成这一出？隔壁包厢门虚掩着，里面端坐着五六位四五十岁年纪的女士，卷发女子正与她们说着什么。

酒喝了不少，潘茂想先去趟厕所再说。可回来时，998 包厢已人去席散。潘茂追到大厅，幸好那卷发女子正在埋单。潘茂快步过去，但一时又不知该说什么，只好笑着对她说："你们这么快就结束了?"

她抬头一怔，笑着说女的不喝酒当然快了。外面有人在催她，卷发女子递了一张名片就走了。

回到席上，潘茂不敢抬头面对颜局长期望的目光。酒席很快就散了，可正经事情还没谈呢，潘茂只好说下次再请大家，颜局长发话了："下次你的同学一定要来!"

几天后，潘茂约卷发女子一起喝咖啡。原来她是做药材生意的，那天晚上约请几所大医院的主治医生吃饭，为的是推广一种妇科新药。潘茂问搞定没有，她叹息一声："现在竞争这么厉害，我一个小女子，哪有那么容易的事。"随后她又补了一句："你要是做这行肯定行。"潘茂自谦地说我哪行，不是那块料。

"就你这样的读书人才有品位，睿智又风雅……"潘茂一听不对啊，赶紧岔开话题，说改天约个时间请吃饭。卷发女子说不如就在今天晚上，不过她执意要请客。潘茂答应了，想先处好关系打打基础，这样下次陪颜局长吃饭的事就水到渠成了。

傍晚，卷发女子开车来接他。潘茂问去哪里，她笑着说："一个好地方，不过今晚你一定要帮帮我。"潘茂说，不就是吃饭嘛。

"现在谁没饭吃，主要是图个氛围，吃个情感。"一听"情感"二字，潘茂心中就"怦怦"跳。于是随口问了句，还有人吗？

她回过头来："当然有了，就是那天晚上她们几个，都想见见你。"

"见我？可我不认识她们。"潘茂一脸迟疑。

"在电梯里都见过你，背后对你的风度和气质赞赏有加。只要把她们陪好，我的新药推广就没问题了。"卷发女子露出白白的牙齿，笑得很灿烂。

“我看见了”

〇汝荣兴

领导已凶了我快一个小时了。可领导显然还觉得没凶够，这不，在“咕咚”一声喝了一大口用西洋参泡的茶，并“呃哼呃哼”地清了清嗓子后，他便又吹胡子瞪眼同时是唾沫横飞地冲我凶了起来：“你简直有点无法无天！你必须充分地认识到自己的问题的严重性！你要是再不痛改前非的话……”

老实说，一开始时我对领导的凶是很不以为然的。反正是他凶他的我听我的嘛。我坐在那儿甚至还一直翘着二郎腿呢。但现在，见他竟是如此的没完没了，还居然将他那又凉又黏又臭的唾沫雨点般地喷到了我的脸上，我就终于有些受不了了，真所谓是“是可忍孰不可忍”呵——不就是那几个马屁虫又在打我的小报告说我工作吊儿郎当么？工作吊儿郎当又怎么了？难道它还能祸国殃民么？再说……不，我可不能再让他这样老子凶儿子似的给凶下去了！我得叫他住嘴——立刻！马上！

于是，在眼珠子骨碌碌一转、脑细胞哗啦啦一动之后，我忽然对又准备着要去喝那西洋参茶的领导说道：“我看见了！”

“什么？你在说什么？”领导当然莫名其妙。

我便又说了声：“我看见了！”

“你看见了？你看见了什么？”领导无疑还是莫名其妙。

“我看见了你昨天晚上在……”我说。

这回，领导的脸色竟一下子又红又白了起来，接着，他就一边用那茶杯去挡自己的脸，一边问我道："你——你看见什么了?"

"反正是我看见了。"我回答。这么回答完，我还很是夸张地晃了晃自己的二郎腿，并装模作样地冲领导笑了笑，然后，突然间觉得有点口渴的我，便从一直坐着的凳子上站起身来，毫不客气地把领导手中的那个茶杯拿了过来……

"你……对啦，你大概是感到现在的工作不大对胃口，所以才工作起来不怎么上心吧？这样吧，你先让我考虑考虑，过几天，我想办法给你将工作调一下……"在我"咕咚咕咚"地喝着领导的西洋参茶的时候，领导这样对我说道。

后来，领导就拍着我的肩膀将我送出了他的办公室，这过程中，他还往我的口袋里硬塞了两包"红中华"呢……

再后来——再后来当然就是现在了。现在，嘿嘿，我早已经是本单位的办公室副主任了呢。

什么，您问我那天晚上到底看见领导在干什么了？这个嘛，如果您能发誓不会说给别人听，那我可以跟您实话实说：那天晚上，从天还没黑到第二天的天亮，我一直和我的几个朋友一起在搓麻将，搓那种一个晚上能将一个月的工资输个精光的小麻将。

没错，我什么也没有看见。

县长打包

〇申　平

新上任的许县长吃饭有个毛病，就是喜欢打包。

按说吃饭打包本是文明之举，剩菜剩饭那么多，不搞“吃不了兜着走”，该是多么大的浪费，但说到底，打包这事毕竟还要讲究个身份和场合。

如果是一个普通人，怎么打包也无所谓；可是身为一县之长，经常打包，并让司机把大盒小盒的剩饭菜带上车，人们嘴上不说，心里总觉得有点那个。

就有好奇的人打探起县长打包的秘密来。调查对象当然是县长的司机。

喂，县长家里是不是有很多人吃饭？

没有，县长家里只有他和夫人。

那他家里是不是养着狗啊熊啊什么的动物？

也没有。

那他打包干什么？是自己吃吗？

这个保密，县长不让说。

县长继续打包。

周围的人知道了他这习惯，每次不用县长开口，就有人主动喊服务员打包，然后交给县长的司机带走。

但是，县长打包的事依然是个谜，并继续若有若无地影响着县长的形象。

这一天，县长的司机有事，政府办主任亲自开车送县长回家，这一下，他终于知道了县长打包的秘密。

车子到了小区门口，就看见几个保安立刻笑逐颜开迎着这车，县长便让主任把车停下。不用他开门，立刻有个保安熟练地上前把车门打开，喊道：老板，今天又有什么好吃的？

县长也不说话，只管将那些饭盒递了出去。主任回头看见，县长这时不知为什么戴上了墨镜。

主任把县长送到楼下，转回门卫时看见几个保安正在那里大吃大嚼。主任停住车，摇下玻璃问道：喂，小伙子们，你们是不是经常吃这样的大餐啊？

一个保安嘴里鼓鼓地说：是啊，这个老板真好，他隔三岔五就给我们带好吃的。

另一个说：这些东西别说我们没吃过，就是见也没有见过呀。多亏这位老板……

主任说：老板？你们不知道他是干什么的？

保安说：不知道，他没说过，他的司机也不肯说。他到底长什么样我们也看不清。

主任问：如果他是个领导，你们会怎样看他？

一个保安说：如果是领导，他当然肯定是个好领导，知道关心我们底层劳动人民嘛！

另一个保安说：好是好，不过也有点腐败是吧。这家伙，动不动就是山珍海味的，他一顿饭，够我们干一年的了。

主任的心里咯噔一下，他摇上玻璃驱车离开，心里感到挺不是滋味。他在想：明天要提醒县长，不要再打包了……但是怎么开口呢？县长肯定会说：难道眼睁睁地看着那么好的东西浪费了吗？

主任想：如果那样，我该怎么回答他呢？

赝　品

○沈　宏

文一平跟宝达曾在戈壁滩一块儿“修理过地球”，也算是患难之交。那时候，文一平因老父是“走资派”而下放至千里之外的戈壁滩；而宝达是“工人阶级”家庭出身，只因家中有六兄弟，刚好轮到他“上山下乡”，为此也来到了戈壁滩。文一平和宝达虽说是来自不同阶层的家庭，而在那杳无人烟的戈壁滩遇见同乡人，便大有“同是天涯沦落人”之感，觉得分外亲切。这是三十年前的事了。以后，文一平和宝达先后回了城，由于文一平老父的“解放”，其被安排在文化局工作，到如今也只能混了个科级干部；再要上，学历和年龄已都不允许了。而宝达则是顶替父亲的职位进了一家丝织厂，从挡台工干到保全工。现在丝织厂已经倒闭，宝达也下了岗。

这么多年了，由于各自所处的环境和地位不同，文一平和宝达之间的接触已疏远了，虽说同在一个城市，也难得见面。不想那天，他们却在钱币市场碰到了。文一平是这钱币市场的常客，这些年他一直在搞字画、钱币等古董收藏；而宝达是下岗后才到这儿来的。当时，宝达正拿着几枚古币在跟人交易。文一平见宝达手里的几枚古币是很值钱的“靖康元宝”，而宝达出的价钱又非常低，开始有些怀疑这是赝品。等文一平拿在手里反复细看后，觉得这几枚“靖康元宝”并非赝品，是地地道道的真货。文一平确定宝达是外行，便以高出别人一倍的价钱要买下这几枚古币。可宝达觉得不好意思，说：“哪用这么多钱？你哥们儿要，就拿去吧，还给什么钱！”

文一平说：“这怎么行，钱还是要给的嘛。”

宝达又客气地推了几推就收下了。于是，他俩边说话边一块儿走出钱币市场。站在路口，正要分手时，宝达又说：“唉，说真的，我对古币这玩意也不懂行。要不是生活所迫，我也不会把家里的这些古币拿出来。”

文一平听了眼一亮，问：“你家里还有？”

宝达说：“有倒是还有几枚，我也不知值不值钱。”

文一平说：“那干脆去你家看看！”

于是，两人又一块儿来到宝达家。宝达从墙角拿出竹梯架到阁楼便爬上去。一会儿，宝达从阁楼上捧出一个纸板箱下来，便打开纸板箱，从里面取出一个古色古香的木闸子递给文一平，说：“你看看吧。”

文一平打开木闸子，看到里面有七八枚古币。一枚一枚地看……开始，文一平摇头说：“乾隆通宝，崇祯通宝，不值什么钱。”可当他看到其中的一枚，心立刻一阵猛跳：乖乖，这是北宋的“熙宁通宝”，难得珍品！再看下一枚，文一平的心跳得更厉害：“保大元宝”，五代南唐钱，珍品中的珍品！

文一平看完后，不动声色地把这些古币放入木闸子里。宝达迫不及待地问：“怎么样？”

文一平说：“有两三枚还可以，不过还谈不上珍品。”

宝达挠挠头，笑笑说：“哪能啊，值几个小钱就行！”

“这样吧。”文一平平静地说，“你去钱币市场卖，也卖不了几个钱。咱是哥们儿，不唬你，我全买下了。至于价钱嘛，高出市场。”

宝达忙说：“哥们儿，不要客气，你看着办！”

文一平说：“那好，我出五千全买了。”

宝达听了一惊，说：“这几个破铜钱，哪能要这么多钱？”

文一平说："按理是没这么多钱。可瞧瞧你老兄的家，没一样像样的东西。哥们儿，算兄弟我资助了。"

宝达搓着两手，说："这……这多不好意思……"

文一平说："咱哥们儿，还谁跟谁啊！"

宝达边谢边把文一平送到巷子口。文一平走了大老远才回过头瞥了一眼宝达的背影，狡黠一笑：这个笨蛋，如今一枚"保大元宝"起码值 3 万元。

数日后，文一平去南方广州参加一个古钱币拍卖会。在拍卖会上，文一平拿出"保大元宝"准备以 3 万元起价拍卖，可经拍卖会的几名古币专家鉴定，一致认为是一枚非常逼真的仿制品。

文一平当场晕了过去。

老人与猪

〇孙春平

初春的一天午后，两个负罪的逃犯蹿进大山，并顺手将村街旁一个四五岁的小男孩挟在腋下，直向村后一座突兀的山峰攀逃。追捕的武警战士迅即将山峰铁桶般地围住。逃犯在峰顶喊下话来，说你们要是不放一条生路，我们先把这孩子撕了！这是两个穷凶极恶的亡命徒，孩子在他们手里，是垂死挣扎的最后一根稻草。

武警战士曾想迂回出击，但头盔刚露头，峰顶枪响，钢盔当地一震，惊得战士们急伏下身去。刑警们也曾放出警犬，但警犬刚奔上陡坡，枪又响，警犬便山石般滚了下来。临阵指挥的公安局长说，这两人以前接受过射击训练，且子弹充足，我们要尽量避免不必要的伤亡。武警连长骂，要不是因为孩子，我就用迫击炮轰×××！有人出主意说，那就先围着，饿不死，也渴死他们，山顶没水。连长说，眼看天就黑了。山那边几十米就是林子，真要让他们钻进去，这张网就算被挣破了，再想围住谈何容易。公安局长说，把村里有经验有见识的人请来几个吧，看有什么招法没有。

请来的乡亲们坐在那里，老旱烟抽了一袋又一袋，可拧在一起的眉疙瘩就是展不开。

突然，有位老者说，狗不中用，把猪带上去咋样？

有人怪怪地笑了，说，不妨试试？

连长有点不耐烦，说，研究正事要紧，别开玩笑。

老者说，我可不是开玩笑。我们屯里有头猪，这头猪可跟别的猪不一样，它也好吃懒做爱哼哼，可它更像一条狗，会看家护院。只是要想把这头猪带上山，必须请动袁老太太。老太太要是胆小怕事不敢去，那这事就算我没说，拉倒！

局长来了兴致，说，详细说。

原来这袁老太是孤苦伶仃的一个人，中年丧夫，两个女儿也先后嫁出了大山。女儿曾几次来接她，可她就是不肯离这个家，再劝得紧，老太太便说，让不让我把老八带去？不让带，就都闭嘴！老八就是那头猪，如此命名，含了猪八戒的“八”字意。这头猪最大的怪异就是不合群，不与同类亲近，也不许外家的鸡狗驴羊靠近袁家的院门一步，凶猛得不亚于一头尽职尽责的看家狗。

七八年前，邻家的母猪下了一窝小猪，小猪们生下来便与众不同，毛稀，嘴巴长，好动，钻出圈门乱跑乱钻。村里人说，不会是杂种吧？这句话提醒了主人，莫不是山上的公野猪夜里蹿进了猪圈？这样的事山里人家常有，但这种杂交猪不能留养，生长缓慢不说，而且半大后不好看管。主人狠了狠心，操起镐把，满院追打。就在最后的这只老八即将丧命的时候，袁老太来了，说我正想买只猪羔养呢，可一时手紧，买不起，就将就了它吧。主人说，它还吃奶，你养得活？袁老太说，养活了算它命大，我试试吧。

那时袁老太家里还养着一条狗，正巧也刚下完崽。老太将老八身上抹了狗奶，往母乳前送。初时，老八不肯屈就，母狗也不肯礼待，可老太不急，猪羔饿狠了总要吃，母狗奶胀得难受，也顾不得谁在吮吸。果然，母狗很快变得安静而惬意，老八也吃得香甜起来。老八一天天长大，和母狗竟有了母子般的依恋。狗急了跳墙，它也一次次笨拙地蹿跳，摔得浑身青紫也不肯服输；那狗夜间卧在屋檐下，它也不肯进圈睡觉；见来了生人，狗冲着柴门汪汪叫，它也叫，只是那叫声尖利，像年猪挨宰，反给村民们平添了一些取笑的喜兴。

野猪的种，家猪的胎，吃狗奶长大的老八集中了野猪、家猪和狗的所有特性和品格，它有野猪的敏捷与凶猛，有狗的忠诚与驯服，当只和老太在一起的时候，又像家猪一样温和与依赖。

公安局长听了介绍，心里已有了计策，便和连长一起登门求访。那个时候，春日西斜，袁老太坐在院心，远望着屯后的峰峦，脸上满是忧戚的神色。老八正卧在老太身旁，听了脚步声，翻身欲起，老太轻喝了一声“趴下”，它便又老老实实趴下了，眼睛里却闪射着戒备的光。

局长说明了来意和擒魔的打算，一言不发的老太起身进了屋子，再踅回来时，手里便多了两块玉米饼子，掰着往老八嘴里送。

局长说，大娘，我们知道这事很危险，在您带猪上山前，我们会向山上喊话，绝对保证您老人家的生命安全。

老太叹息一声，总算说出一句话，唉，就是我的老八悬啦！

候在院门外的孩子父母闻言，立刻齐齐跪倒，大哭求告，袁奶奶呀，从今往后，我们就是你的亲儿子，我们给你养老送终啊！

老太抹搭一眼，说，人心都是肉长的，说那没滋没味的话啥用？她把手里最后一块饼子送进猪的嘴巴，轻声说，老八，走吧。

山野间安静下来，电喇叭向山上喊：山上请注意，我们派孩子的奶奶上山，跟你们具体协商有关事宜。老人家已年过七旬，身无寸铁，随她上山的还有一头猪，猪身上带着饲料和食品……

陡峭的山坡上，只有袁老太瘦小佝偻的身影，还有那只已近暮年的猪。老人蹒跚而上，显得平静沉着。老八则紧贴在老人身边，步态笨拙而迟缓。山上的恶魔麻痹了，他们正饥正渴，做梦也不会想到一个风烛残年的老人和一头笨猪会是他们此生的克星。

老人喘着粗气攀上了山顶，径直扑到哭叫着的孩子身边。孩子被捆绑在一块石头上，惊吓得浑身乱抖。老八的身子也在抖，那是累的，嘴角吐着白沫，稀疏的鬃毛间流淌着如泉的汗水。

孩子在老人的安抚下，安静了许多，经过短暂的休息，老八也不再抖了。此时的老八显得很温顺，但仍一直眼盯着两个恶魔，就像一只忠诚的狗。

两个恶魔怕军警偷袭上山，仍死盯在山下，恶狠狠地对身后说，老东西，下山对他们说，不想让我们活，我们先一枪崩了这小崽子！

袁老太重重拍了一下老八的脊背，骤然厉声喝道，咬！给我咬死他们！

温顺的猪立刻变成了凶猛的猎犬，直向近在咫尺的一个恶魔扑去。恶魔大惊，手中的枪张皇落地，另一恶魔随即向老八开枪。红了眼睛的老八壮烈地嘶吼了一声，又向开枪者扑去。那恶魔跃起欲躲，但只那一跃，脑袋已暴露在武警的神枪之下，砰的一声，恶魔便跌倒在乱石间了。

惊乱一瞬，武警已箭一般冲上山顶。两恶魔一死一擒，老妪和孩子均无恙。让人们深深叹息的是老八，它中了两枪，有一枪在头部。

袁老太对老八的死表现得很超然很平静。她谢绝了一切酬谢，只是让孩子的父亲帮她在后院挖了一个深深的墓穴，把老八埋了进去。傍晚时分，老人常坐在那丘土堆旁，昏花的老眼遥望西天，不知在想些什么……

仇 恨

○周海亮

兵的额头缠着纱布，纱布上血迹斑斑。兵漫不经心地拎着步枪，枪口指向阴霾的天空。兵隔着窗户朝屋子里观望，木椅上坐一位鬓髯花白的老人。老人如同一副骨架，宽大的皮肤披盖在身，然而目光与他相碰，却是铮铮有声。兵敲门，推门，关门，将枪斜立墙角。兵低目垂手，又点头，冲老人温和地笑。兵说，您不要害怕。

老人说我没有害怕。

兵说我是逃兵，从战场上逃过来。我讨厌这场战争，请相信我，我和您一样讨厌战争。正义或者邪恶的战争，胜利或者失败的战争，所有的战争，我都不喜欢。

老人说战争是你们挑起来的。你们说这是解放，可是我们认为这是侵略。

兵紧抿嘴唇，不置可否。屋子里很热，赤裸上身的老人抓一柄蒲扇，却不摇动。破旧的蒲扇搁上老人的腿，老人的一条腿轻轻颤抖。

兵摘下头盔，他的头包得像一个蚕茧。兵脱下军装，露出里面的衬衫。兵脱下衬衫，露出自己的胸膛。兵的胸膛上散落着几点伤疤，圆的，椭圆的，半圆的，弯月的，菱形的，三角形的，红色或者紫色，凸起，闪着光，面目狰狞。

兵的腹部，围一条宽宽的布带。布带纵向对折，腰上缠两圈，搭口叠在一起，很是漂亮。布带上绣了老人看不懂的五彩图案。

女朋友送我的。兵笑笑说，围上它，子弹就射不进去。兵从口袋里翻出一张很小的照片给老人看，照片上的姑娘唇红齿白，笑意盈盈。老人感觉姑娘就像年轻时的老伴。

家里就你一个人？兵问。

他们都死了。老人说，老伴、女儿、女婿和外孙死于空袭，儿子死在战场上。

怎么会这样？兵有了不安，对不起。

老人不说话。

怎么没人送他这样的护带呢？兵突然问。

没有用。老人叹一口气，他什么都不缺，可是他还是死了。子弹避开护带，射穿心脏……战场上再敏捷再勇敢都没有用，打仗只需要运气……这条命只需要运气……你的运气就很不错……

可是我再也不想打仗了。兵说，一枪都不愿意开。兵指指斜立墙角的步枪，真想把它扔了……

老人笑一笑，蒲扇摇动起来。

战争不是我们的错，兵说，我们只是兵。

蒲扇轻轻摇动，兵感到凉风袭袭。

如果战争胜利了，我就能回到家乡。兵说，目光开始柔软。

那样的话，我们就失去了家乡。老人站起来，丢掉蒲扇，你来这里只是想跟我说这些吗？

兵不好意思地笑了。他扬起眉毛，露出两只调皮的虎牙。他笑起来很像老人的儿子，有那么一霎间，老人甚至真的以为面前腼腆的年轻人就是他的儿子。我非常饿，兵说，我两天没吃东西。如果方便的话……我会付你钱……

只有米。老人问，可以吗？

挺好了，兵说，谢谢您。

老人淘好米，细细地煮。米香弥漫屋子的时候，年轻的兵流下了眼泪。他背过身子去擦，瘦小的肩膀在阳光下抖动不止。

米饭摆上桌子，兵看着，贪婪地吸着鼻子，却不吃。他看着老人，说您也吃点儿。老人笑笑，端起碗，目光平静。他默默地吃下一碗饭，用去足足十分钟。老人抹抹嘴，空碗放回桌上。他站起来，重新坐回椅子。他是那么老，皮肤堆起褶皱，覆盖全身。

兵吃得很快，却很文雅。他将桌子上的米饭全部吃光，又像狗一样将空碗舔干净。他满足地站起来，打一个很响的饱嗝。他穿上皱巴巴的衬衣和军装，戴上沉重的头盔，重新变回一个兵。他掏出口袋里所有的钱，悄悄压在碗底。他隔着口袋轻轻抚摸女孩的照片，脸上写满幸福。他看一眼老人，老人手握蒲扇，眯着眼，一动不动。

您是好人。兵说。

老人似乎已经睡着。

兵拾起他的枪，往外走。他在门口站定，回头再看老人一眼。他说您就像我的父亲。他慢慢走向远方，再也没有回头。

老人睁开眼睛，张张嘴。他想喊住年轻且腼腆的兵，可是他终未出声。老人重新闭上眼睛，却有两行浊泪滑落脸颊。

半小时以后，老人突然从椅子上栽倒在地。他痛苦地皱起眉头，胸膛里似乎燃烧着一团烈火。他知道毒性已经发作，很快，他就将离开地狱般的世间。可是他本该放过那个兵的。可是他不能。他说服不了自己。他做不到。兵的军装是那般刺目，纵可以原谅他的罪行，也不能饶恕他的衣服。

女　匪

〇孙方友

民国十几年的时候，豫东一带活跃着一支女匪。队伍里多是穷苦出身的姑娘，而匪首却是位大家闺秀。至于这位小姐是如何沦入匪道的，已无从考究。她们杀富济贫，不骚扰百姓。打舍绑票，也多是有钱人家。

女匪绑票不同男匪，她们大多是“文绑”，极少动枪动刀。先派一位精明伶俐的女匪徒，化装一番，潜入富豪之家当女仆，混上半年仨月，看熟了道儿，定下日期，等外围接应一到，便轻而易举地抱走了人家的孩子。然后托中人送书一封，好让主家准备钱财。

这一年秋天，她们又抱了陈州一富商之家的独生子。那富商是城里的首富，已娶了七房姨太太，方生下这一后嗣。七夫人很有学识，见娇儿被绑，悲痛欲绝，几经思索，便给女匪首写了一封信：

我愿意长跪在您面前，哀求看在上帝的面子上，把孩子安全地还给我，免除我的痛苦。我以一个母亲和你同属女性的身份，请你三思。

你所做的事对我全家造成了伤害。我要回孩子的愿望比要世界上任何东西都强烈，我愿意为你做任何事来换回我的儿子，请你告诉我你的条件。

女匪首看了这封感人至深的信，很是欣赏，来了兴致，便回信一封：

我不愿跪在任何人的面前，我也不愿别人跪在我的面前。我只请求你看在上帝的面上，把我所需要的东西安全地送给我，免除我的人生之苦。我以一个女性的身份，请你理解你我命运的不同！一哲人说：谁都希望不跟着命运走，到头来，命运却又主宰着那么多人！由于命运之神把我推上了匪道，因而我需要生存和向一切富人报复的愿望要比世界上任何东西都强烈！我愿意为你保全你的儿子，请你拿出三千大洋来，于本月×日在我随时通知你的地点接回你的儿子！为保险起见，请不要告诉任何人！

那夫人接到女匪首的信，颇为惊讶！她万没想到女匪首竟也如此知书识礼，文采照人！她产生了想见见那才女的冲动，当下准备三千大洋，等到匪首的通知，亲自坐船去了城东的芦苇荡里。

女匪首并不失约，等观察四下无动静后，便威风凛凛地出现在一只小船上。大红斗篷，迎风招展，于碧绿的青纱帐中，犹如一朵硕大的红牡丹，映衬出眉目的秀丽和端庄。七夫人惊愣片刻，才发现那个曾在她府上当丫环的女匪正逗着她的孩子玩儿，她那颗悬挂的心才落了下来，忙让人亮出大洋，让女匪首过钱。女匪首笑笑，打出一声呼哨，芦苇荡里旋即蹿出一叶小舟，上面有女匪二，各佩枪刀，接过大洋过了数，又箭般地驰进芦苇荡的深处，淹没在一望无际的绿色里。这时候，只见女匪打了一下手势，两船靠拢。那女匪递过孩子，交给夫人。可万没想到，孩子竟不愿找他的生身母亲，又哭又嚎，紧紧地搂抱住了女匪的肩头。

夫人惊诧万分，痛心地流下了泪水，对女匪说："万没想到，你们首先绑走了孩子的灵魂！"

女匪首大笑，说："孩子毕竟是孩子，每个女人向他施舍母爱，他都会得到温暖！尊敬的夫人，这些是用钱买不到的！常言说，生身没有养身重！你想过没有，当你抱走你儿子的时候，我的这位妹妹会是什么样的心情呢?”

夫人抬起头，那女匪正在伤心地抹眼泪，好似有着和她同样的悲哀。

夫人感动了，对女匪首央求：“让这位妹子还回我府当丫环吧?”

女匪首望了夫人一眼，说：“由于她已暴露了身份，我认为不太合适！你若想让你的儿子快乐地回去，夺回那用金钱买不到的东西，可以在我们这里住上几日。”

七夫人秀眉紧蹙，毅然上了匪首的小舟……

羊场奇遇

○王平中

当我们十个膘肥体壮的伙伴从羊群中被选出来，又被主人强行拽上一辆四轮车时，大家都“羊心惶惶”，仿佛大难临头。

每年，主人都要从我们当中选出一批膘肥体壮的伙伴，用车运到远方去。这一去，就没有再回来。因此，当主人说要选十头羊到远方去时，大家便暗暗祈祷，千万不要选中自己。

主人一边挑选，一边“一、二、三……”地数着。主人已经数到了“九”，我知道，主人再数一个数，我这次就算是万事大吉了。但主人迟迟不数最后那个数，眼光不停地在我们身上盘旋。

主人的眼光盯在小三的身上，小三像打摆子，浑身抖个不停，可怜巴巴地望着主人。哼！想当初，你小子自不量力，竟然敢跟我争花儿……哎呀，不好！主人的眼光从小三身上移了过来，盯上了我，还说：嗯，这个不错嘛！我知道在劫难逃了。我看到小三冲着我挤眉弄眼，洋洋得意。

哼，小三，忘了刚才你那熊样。老子大不了一死，岂能让你笑话！于是，我昂首挺胸，不待主人靠近，便大步走出了羊群。我听到花儿在低声哭泣——她肚子里怀了我的孩子！

车子在坑坑洼洼的公路上颠簸着。车上的伙伴一个个都哭丧着脸。我冲着他们嚷：“看看你们，还有没有一点羊样！是祸躲不脱，躲得脱的不是祸嘛！何况，主人并没有说送我们去屠宰场，他说是送我们到大王乡凑什么数！大家听我的，唱首歌好不好？”于是，大家便一齐“咩咩”地唱起来，歌声在山谷里回荡，将一只岩鹰惊得忽地滑翔到山后。

终于，四轮车停住了。主人从驾驶室钻出来，伸个懒腰说：“到了，到了！”有一个陌生人快步过来，握着主人的手说：“老王，你带了多少只来？”主人说：“十只，张场长。”“好，你这真是雪中送炭哪！有了你这十只，我们羊场终于凑足了一千只，不怕明天检查了！”“你讲的话要兑现啊！”“放心吧，老王，每天每只十元钱。只要扶持款一下来，就给你送去！”

主人边说边将我们赶下车。这个羊场好大哟，有十几个圈吧。我们被赶到场角的一个圈里后，整个羊场里都装满了膘肥体壮的羊。我们刚走到圈里，那个叫张场长的人便给我们送来了美味佳肴。

一起来的伙伴因命运未卜，没有胃口。我说：“不吃白不吃！就是要死也要成为饱死羊！”于是，我们狼吞虎咽地吃起来。这时，我听到邻圈有只羊在咿咿呀呀唱着情歌，声音优美而富有挑逗性。循声望去，是一只黑山羊，浑身的毛黑得发亮，就叫她黑牡丹吧。

黑牡丹那双眼睛含情脉脉地看着我，但两圈相隔，我怎么过得去呢？黑牡丹眼睛转向圈角，并努了努嘴。原来圈角的木栅栏有些松动。我走过去，用角一拨，那根木栅栏就脱了，露出一个洞，刚够黑牡丹钻过来。

一番云雨情后，黑牡丹躺在我的身旁。我用舌头爱抚着黑牡丹发亮的黑毛。我说：“亲爱的，你们这座羊场真大啊！”黑牡丹撇撇嘴：“这哪是我们的羊场？我们也是今天被主人用车拉到这里来的，说是迎接什么‘检查’！”我想起刚才张场长也说起什么“检查”。检查什么呢？“明天就知道了。”黑牡丹说完，站起来向我告辞，钻进了她的圈。

第二天，一群人来到羊场。领头的是个胖子，迈着方步在圈外缓缓地走着。他身边跟着的人唯唯诺诺，脸上挂满了笑。张场长在胖子旁边小心翼翼地说，在各级领导的关心和支持下，他的羊场逐步发展壮大，现已达到了千只……胖子脸上露出了满意的微笑。我却忍不住哈哈大笑，笑声惊动了胖子。他走过来，用手轻轻抚摸着我的头说："这家伙真是个好种!"这时，胖子前面有一个扛着摄像机的家伙，忙将镜头对准我。

以后几天，我们又被主人先后送到几个羊场，都受到了场主热情接待。我看到胖子每天都带着人来看望我们。我已经认得他了，晓得他叫胡县长。但遗憾的是，他好像把我忘了。

一个星期后，我们回到了主人的羊场。小三得知我和黑牡丹的艳遇，还有那个叫县长的胖子摸我的头的情景，并上了电视，羡慕得要死。

不久，主人又要选几个伙伴到远方去。大家都争着要去。我抢先一步跃上了车，却被主人一脚踹了下来："妈的，你去干啥？还要留你做种呢!"

这一次，小三被选中了，他高兴得山羊胡子一翘一翘的。

一棵没有少

〇伍中正

开春后，润禾就到了乡里。

走之前，村里人说，看来屋里还是要有人，看看润禾的哥在县里，这下脚不沾泥出息了。

润禾没把这话当话，摇摇头就走了。

乡里干部忙。开会的开会去了，下村的下村去了，见不到几个影。润禾没有见到要他来的乡长，也不好意思找书记。

润禾就在乡政府门口坐，眼看着到中午了，润禾就在袋里拿出一个胖胖的红薯来啃，细细地啃过几口后，望望乡长来了没有。

慢慢地，润禾手里捏的红薯越来越小，乡长还没有来。

润禾上午到乡里，下午才找到乡长。乡长显然吃过饭喝过酒的样，脸色仍是红润，见坐在门口的润禾，忙问，润禾，吃中饭了没？

润禾说，吃了吃了。

乡长说，上次你往外运谷子，我们没搞清白，不知道你还有个哥在县里，让派出所的捆了你，多有得罪。

润禾说，过了的事，算了算了，润禾我不计较了。

乡长说，那是那是。

润禾问，乡长，那些猪呢？

乡长说，怎么好意思让你润禾喂猪？你就负责政府院子的绿化。

润禾说，还是喂猪好。不是说好来喂猪的？

乡长阴了脸，说，喂猪不好，你怎么就老是想到喂猪，搞绿化不好么？

润禾说，好是好，要不要签个合同？

乡长说，签。

合同就签了。润禾想，先负责一年了再看。

乡长的脸色不再阴，说，随你润禾的意思。

润禾就跟乡里签了一年的合同。

润禾在乡里住下来才两天，闲着没事的样，不是滋味，想想这个时候，在屋里正是犁田的季节，不由得摇了几下头。

乡长见润禾心里不踏实，就劝，乡里有事让你润禾做，急啥？

润禾说，不急呃，乡长。

第三天，乡长跟润禾说，有树要来。

乡里进了一批树。树是用汽车运来的，那些树的根带了土，用草绳缠着，一道道地缠着，生怕根上的土掉下来。那些树放在院子后，就是乡政府的了。润禾摸着那些叶才看清是玉兰。

树贵不贵，有多贵，润禾不去想。

树坑是年前就打好了的，放得下树。栽下那些树，润禾就觉得有事做了。

乡长走的时候说，润禾，这些树就交给你看了。按合同上的办，缺水的时候上水，治虫的时候治虫，一棵不能少。

怕风吹倒，润禾就找来木条，每棵树都让三根木条撑着。有了木条撑着，那些树自然站得正，站得稳。

春天在乡政府院子里过，也在那些玉兰树上过。棵棵玉兰树来的时候都挂着叶，栽下后，就该发新叶了。

那一天，润禾在院子里散步，一片玉兰叶往润禾身边飘。润禾仔细一看那树，树在落叶。润禾又看了另外的几棵，也有落叶的迹象。

那一夜，润禾睡不着。

天一亮，润禾进了乡长办公室，说，乡长，那些树出了点问题。

乡长说，那些树是有点问题，那些树是点了数来的，一棵不能少，栽着就行了，有叶没叶一个样。润禾你千万要一起上水上肥，一起治虫。

润禾迟迟出来，边走边说，我这就不懂了，没叶的树怎么跟有叶的树一个样？死过的树还要上水上肥？

天渐渐热起来，润禾在给玉兰润水。发了新叶的玉兰得了水，叶子发得油亮油亮，死了的玉兰也得了水，只是叶子还是掉，有的掉得没叶只剩枝了。

每次润完水，润禾就想，死了的玉兰哪么还要水？

有次润水的时候，乡长正好瞧见，说，在润水？

润禾举着龙头朝那棵没了叶子的树喷水。回乡长话，在润！

乡长狡黠地一笑，润得好润得好。

合同期满，润禾看管的树一棵没有少，那些掉了叶的树还站着没倒。乡长同意润禾按合同到财政所领工资。

润禾领了工资。

乡长问润禾，润禾你看见了，工资没少你一分，合同还签不签一年？

润禾说，不签了。我怕人家骂我润禾，四十出头了，还给那些不中用的玉兰喷水。

陈财神

〇曾　平

民国初，泸州多轿铺。轿铺投资小，三两间屋，几乘轿，几个“懒收拾”（替人搬运杂物的竹筐），即可开张营业。轿铺多在偏街小巷，颇简陋。简陋的房屋也充分利用。轿铺的空轿全搁在横木上，空出的地方，供轿夫搭通铺睡。轿夫无垫无盖，和衣而卧。天冷，搭上下雨抬轿用的蓑衣。抬轿费鞋，轿夫多备有草鞋一两双。除此而外，空空无物。沦到抬轿混吃，小偷也不会光顾。靠轿铺发财，不可能。

在泸州，偏偏有人靠轿铺起家，当上拥资百万的大老板。他就是陈财神。

陈财神轿夫起家，宿过街边，睡过通铺，盖过蓑衣，当过“甩手”，为人背过病人，送过什物。穿破上百双草鞋后，陈财神当上轿铺老板。到民国二十年，陈财神在泸州办起绸庄、米行，收购了温家四处酒作坊，挑起泸州老窖的酒牌子，陈财神成了名符其实的陈财神。

陈财神拥资百万，生活却非常简朴甚至吝啬。整日一件土布“二马裾”，无领，谓“省布料”。上街办事，必携钉鞋、雨伞以防下雨。陈财神从不乘轿，步行，他说舒筋络骨结实身体。一碟炒豆，陈财神把它倒进一只脖子特细的陶罐，用筷子伸进去一颗一颗地拈，可以就着稀饭吃十天半月。一只咸鸭蛋，陈财神用竹签挑着，舔着吃，可以佐餐三五顿。某日，陈财神穿一双新布鞋赴宴。正走着，突然下起暴雨。陈财神赶忙脱下新布鞋藏在怀里，光着脚在街上跑。跑到宴会处，众人惊疑。陈财神神定气闲，说，鞋弄脏了，怎穿？脚，洗一洗，还是脚。

陈财神尽管吝啬，儿子的教育却舍得花费。百万家财，得靠儿子承续。陈财神为儿子请一武师，教儿子耍拳弄棍，使儿子有一副好体魄。为儿子请一国文教师，教儿子念子曰诗云。儿子的教育，陈财神毫不保守，请了数学、生物、物理、化学老师到家一一教授。当时，泸州学堂只有一位洋文教师，陈财神不惜血本，专为洋文教师配一乘大轿，每周一、三、五晚请到家教儿子学习“古得拜”。可惜陈财神的心血儿子没有领会半分。除学到吃得好穿得好玩得快乐讲排场阔气外，一无所获。十六岁，儿子已在外面养两房女人，并为她们购房屋家具，置私人小轿，4 名鲜衣胶鞋的轿夫抬着，在泸州街头，神气阔绰。陈财神无奈，只得听人劝说，把儿子送到成都学堂就读。

果然，儿子到成都，循规蹈矩了。整日读书学习。陈财神不放心，常派人到成都查询，查询的人回来说，少爷规矩多了，好多了。陈财神亲自到成都，老师吃着陈财神敬奉的鸡鸭鱼肉，连连说，规矩了，好多了。期末，儿子带回成绩通知，不好也不坏，中等。陈财神高兴了，说，到底大城市的学堂才教育人。

第二年秋天，出事了。陈财神的儿子被绑架。绑匪用飞刀送来一片信纸，要陈财神次日午时三刻把 50 万银票送古龙山垭口的老黄桷下。否则，等着收尸。拿 50 万光洋等于要陈财神的命。但陈财神更想要儿子。陈财神只得按绑匪要求，不报警，把 50 万元银票，揣在怀里，午时三刻，悄悄按要求塞进老黄桷树下的窟窿。到晚上，陈财神收到一片飞刀送来的信纸，说，果然信用，你儿子已回成都念书。第二天，陈财神急忙忙往成都赶，掌灯时分，到学堂，儿子正坐在教室里认真读书。陈财神悬着的心掉下了，急切切地问，没事？儿子放下书，说，没事。

陈财神损失 50 万，比挖他的肉还痛。他并不罢休，去找神探李。神探李在泸州名气大，他办的案子，没有破不了。神探李很爽快，说追回钱款，得按五分之一提成。陈财神对这个比例很心痛，但想到毕竟还可追回40万，咬咬牙，就答应了。

过了三天，神探李说，破案了。陈财神喜匆匆地要听结果。神探李说，先拿10万元银票。陈财神问，那50万追得回来？神探李说，绝对追得回来。陈财神只好开出银票。

原来绑匪就是陈财神的儿子。陈财神的儿子在成都已养三房女人，哪里够开销？又爱赌，债台筑得像座小高山。就打了老子的主意。那些规矩了、好多了的话，以及成绩，一出钱，全有了。

陈财神悲从中来怒火中烧，他实在不能容忍儿子，要钱，说嘛！这一来，他又白白损失10万元。不知不觉，走进街边一家酒馆。酒馆冷冷清清。陈财神要了一碗散酒一碟花生米。边喝，边想，越想，越气，你不在乎，老子也豁出去了。陈财神心一横，一巴掌拍在酒桌上，吼，你花，老子也花。堂倌，再给老子来一碟花生米！

妙 招

〇夏 力

布兰卡是一家保险公司的业务员，业务一直上不去，他心里很苦恼，站着坐着睡着都在想办法。这天晚上，布兰卡躺在床上瞪着天花板发愣，突然灵光一闪，心里有了主意。于是他翻身而起，找出一条围巾把面孔蒙住，借着夜色掩护翻进隔壁大院内，顺着水管爬到三楼一户人家，轻轻推开窗子溜了进去。房主听到声响，拉亮了电灯，突然看到眼前站着一个蒙面人，顿时吓得缩成一团。布兰卡心里暗暗一笑，扯掉蒙面的围巾不慌不忙地说：“没吓着你吧？”房主早吓得瑟瑟发抖，哪敢应声！

布兰卡又说道：“现在这个时候，你心里一定在想家里丢了什么东西吧？告诉你，一样都没少，因为我不是小偷，我只是保险公司的业务员！”

房主听了一下子来了精神，把被子一掀跳下床来，指着布兰卡大骂起来：“你这个狗东西，想吓死人啊？有你这么卖保险的吗？”他说着就要打电话报警。

布兰卡气定神闲，慢慢走过去按住了房主的电话，说：“你少安毋躁。我又没偷东西，你报什么警？就算你报警，我没有作案的动机，大不了关几天就出来了，到时我还来你家！”

房主却不理他，越发气势汹汹地嚷着要报警。就在这时，布兰卡不紧不慢地从口袋里掏出一样东西，冲着房主晃了晃——那是一把手枪！他把枪拿在手里把玩着，问：“你还报警吗？”

房主顿时结结巴巴地说："不……不报……了，有话好好说……"

布兰卡笑了起来，从口袋里掏出一支烟，"啪"的一声搂动扳机，自个儿点上了——原来那是一个打火机！布兰卡吸了一口烟，慢慢说道："世上的事很难说的，这次是假的，没准儿下次你就没这么走运了。最好的办法，就是给你和你的财产保险，不管发生了什么，你都不会受损失——你说呢？"

房主想了想，还真是这么个理！眼前这人只是卖保险的业务员，他都轻易地闯进屋里来了，更别说那些真强盗了；再说，人家大半夜的上门来做生意也真不容易，而且还这么有"创意"，怎么好意思不买呢？于是，他真的给全家人和财产都买了保险。

初战告捷，布兰卡欣喜若狂。接下来的几个月里，他如法炮制，每次都旗开得胜，马到成功。这天晚上，布兰卡翻身跳进一家别墅时，主人正坐在窗边看书。没等布兰卡说话，那人却先开口了："先生，你需要什么尽管拿，我正忙，就不招呼你了。"

布兰卡一下子愣了，觉得今晚这活儿不好做了，因为从屋里的摆设看，这人有的是钱，也就不在乎钱了，怎么办呢？布兰卡想了想，掏出手枪打火机对着那人晃了晃，说道："先生，我只对你脖子上面的家伙感兴趣！"

那人惊诧地"哦"了一声，放下书，从头到脚打量了布兰卡一番，说道："能给我一个理由吗？"

布兰卡被问得呆了，想了想说："我只是为你的脑袋担心！我相信这世上对你的脑袋感兴趣的人不止我一个，所以，为你的脑袋着想，建议你替它买一份保险……"

那人突然哈哈大笑起来，对布兰卡说："小伙子干得不错！但今晚我实在是忙——这样吧，你明天到我的办公室来，我很愿意和你做这笔生意。"

那人递过来一张名片，布兰卡接过一看，顿时呆若木鸡——那人赫然是摩尔根保险公司的老板，布兰卡正是在他下属的分公司里上班哟！

茶　仙

〇王海椿

兖州城一条小街的斜坡底坐落一家天泉茶庄，老板虞临池是浙江人，有点怪，整天躲在茶庄的后室里看书，只有一个小伙计乔福照应店面。

一个蛋丸小城，茶庄有十几家，生意清淡可想而知。虞临池还雇马车每天从三百里外的趵突泉运水泡茶，供顾客品茗。

那年春，兖州来了个罗姓讨饭的。讨饭罗很怪，一家一家粗茶淡饭讨饱了，还要来茶庄要茶喝。若是想吃酒肉倒可以理解，但一个穷讨饭的，喝什么茶呀。因此大小茶庄老板伙计，少有理他的。

只有虞临池例外，非但不赶这个讨饭的，还邀他进屋，共品香茗。虞临池发现他虽衣衫褴褛，但眉宇清秀，博学通古，对茶经也有独到见地，和他交谈很畅快，遂把他引为知己，干脆请他住到店里，供他吃住。讨饭罗却笑而推辞了。

是年秋，兖州遭蝗灾，庄稼欠收，各业受到影响，茶庄稀有人往。天泉这个小茶庄，更是门可罗雀。这一日，讨饭罗来茶庄，虞临池不在，乔福想，这个厚脸皮讨饭的，三番五次来喝白茶。他从灶后抓了一片葵花叶揉碎了，冲了一壶水倒给了讨饭罗。没想到讨饭罗接了茶，照样喝得有滋有味的。乔福在一旁乐了：还品什么茶呢？白把那些好茶给他喝了。

又一次，讨饭罗来了，乔福又依计而行，虞临池一下子就闻出了茶味有异，把乔福呵斥了一顿，并连连向讨饭罗陪罪。讨饭罗摆摆手说，我喝着很香呢。

冬天的时候，讨饭罗突然要走了，来和虞临池道别，说他家也是茶叶世家，他母亲出远门了，家里有些茶地需要料理。还说有机会给虞临池送些茶来。

次年春，虞临池听说太湖洞庭山上有一个高人，培植的一种茶，叫碧螺春，嫩绿隐翠，清香幽雅，采茶时若将茶叶置于怀中，茶得体温，异香突发，因而享誉江南。如能进得这等好茶生意一定不错。

虞临池就派乔福去进茶。乔福到了洞庭山，却不见一个人，但见山腰云腾雾绕，一蓬蓬茶树绿影重重，青翠欲滴，有好多小狐狸穿行玩耍其间。他怀疑看花了眼，揉目间，见一绿衣小姑娘正在摘茶，便上前询问。小姑娘扬手一指说，就是那个长者。乔福看去，正有一老者在茶林间逡巡。近前却呆了——天啦，不是那个讨饭罗嘛！他羞得真想扭头而去，想到老板的嘱托，硬着头皮施礼问安。好在讨饭罗并不计前嫌，领他到山庄住下。

但见茶庄有很多人来往，下棋品茗，谈笑风生。

讨饭罗好酒好菜招待乔福，乔福红着脸把此来目的说了。讨饭罗一拍大腿说：“哎呀，怎么不早来，好茶都被客人喝光了，今夜给你赶制吧。”

是夜，乔福被阵阵嘈杂声惊醒，恍惚见一个个狐狸来回穿梭，又似听到有炒茶的声音。他起身来看，却又看不真切，又迷迷糊糊睡着了。

翌日，讨饭罗递上一个小纸包，对乔福说，一夜只做出这么一点点茶，你拿回去吧。

乔福接过来，感觉只有一小撮，至多够沏一壶茶的。心想，这个讨饭的，真不讲情义，当初老板给他多少好茶喝了。

归来乔福把来回经过叙说一遍，把小纸包往老板手里一塞，说就这一点。

虞临池打开茶包，只见一撮茶叶，卷曲成螺，满身披毫，银白隐翠，香气独特，应是茶中极品。可他是做生意的，讨饭罗给这一点点茶叶能派什么用场呢？有点生气地把小纸包往几上一扔。

乔福回来的第二天，天降大雨，几日不停，天泉茶庄又处斜坡底，即将漫水。虞临池和乔福收拾好贵重茶叶和行李，往高处避水。

幸好只有三日雨停水降。回到茶庄，忽闻一股茶香自门而溢，袅袅四散。虞临池正在纳闷，乔福突然叫起来，是碧螺春！我在洞庭山闻的都是这种茶香。入室但见四壁有水淹痕迹，约丈余高，呈深黛色。地上一泡散的纸包和墙上的颜色一致。墙角墙壁有散落的茶渣，叶儿舒展，如春意盈盈。

虞临池悔不该当时没把此茶收好。

茶庄的生意突然好了起来，连连进货。虞临池却是摸不着头脑。这一天，他实在忍不住了，问一个客人，怎么偏来买这里的茶叶？客人说，离茶庄十里有余就闻到一股茶香，沁脾入肺，这就是洞庭山“吓煞人香”的碧螺春呀！

可是，自己的茶庄进的各色茶叶都有，独独没有碧螺春呀，怎么所有的茶叶都是碧螺春的味道呢？

虞临池顾不上生意了，打点行装，直奔洞庭山。

到了洞庭山脚，他就闻到了熟悉的茶香。见到讨饭罗，连连拜谢。讨饭罗说，没嫌我送的茶叶少吗？虞临池道明情况，问，你送的只有一小包，还被水淹了，怎么此后所有的茶叶闻起来都是碧螺春的味道呢？

讨饭罗微微一笑，我送你的是千年茶母，只要那一点点，密关门窗，即使堆个茶山，泡出的都是碧螺春的味道，百年不变。你室内四壁不是浸透了茶汁么，它就是一个大茶壶呀，茶叶在里面置放一夜，普通茶叶也会变成佳茗的。

虞临池知道自己遇到仙人了。乔福回想起离开洞庭山前一晚的情形，说，讨饭罗一定是个狐狸精，我当初看他就和一般讨饭的不一样。

虞临池啐了他一口，你懂什么？茶仙，他真的是茶仙啊！

王大嘴

〇曾　颖

民工王虎，因嘴和饭量皆大于常人，遂得绰号大嘴。

除了以上两大特征之外，王大嘴便再无别的什么特色，穿一件灰扑扑的工作服往民工堆里一站，就如同土豆混进洋芋堆，很难分出什么差异来。

但就是这样一个平常得近乎平淡的民工，近一两年却成为报纸电视上的明星人物，频频上镜，与“征婚的磨刀师傅”“假扮瘫痪患者的老乞丐”和“专等记者来才要跳楼的某怨妇”等人物一道，成为本市媒体曝光率较高的“平民明星”。

和那几个精心策划炒作出来的“明星”不同，王大嘴从来没有刻意做个什么事。准确地说，他对摄像机的镜头还常怀敬畏和恐惧之心，像鸟儿对枪的感觉。因为这些年，他曾几次与那东西不期而遇，一次是查暂住证，一次是在工地外的茶馆里看黄色录像，都遭到了那玩意儿的伏击……

但是，人若是注定要出名，什么样的恐惧也是拦不住的。害怕摄像机的王大嘴就是这种人，因此，小小的摄像机对他来说便算不得是什么障碍了。

王大嘴记得，他初次出名那天好像是一个与消费者有关的什么节日。那天正好是星期天，同事财娃说，走，上街看热闹，顺便可以吃点儿免费东西解解馋。

王大嘴不喜欢热闹，但喜欢解馋。两个人于是就上街。街上比庙会还热闹，彩旗飘舞乐声震天，打腰鼓的唱莲花落的。还有一些受了委屈的消费者身上穿着白底黑字的控诉衣在声讨房地产或别的什么商家。而商家们也没闲着，吆喝的请人试尝的，拍胸口表决心的，不一而足。有一个涂料厂的厂长，为表明本厂的涂料无毒，当街赤膊狂喝了一大盅自家的产品。其趣味性和观赏性都超过了卖假药的。

而真正令王大嘴开心的，是大街上商家们免费请人试尝的举动。走在大街上，这里递出来一支香烟，那里送上一串烧烤。除了涂料之外，王大嘴他们几乎尝遍了会场上的所有产品。财娃没出息，很快就打了饱嗝，而王大嘴始终觉得痒痒的，老是尽不了兴，因为商家的试尝是限量的，让他难有大快朵颐之感。

但机会很快来到，在一家啤酒厂的摊前正在举行喝啤酒比赛，看谁一分钟之内喝得多。不仅不给钱，还可以得1000元奖金。这么好的事，王大嘴当然要参加，并当仁不让地在一分钟内喝下三瓶啤酒，将1000元揣入腰包。他说，如果不是摄像机在那里一晃一晃的，他的状态还会更好。

王大嘴大口喝某某品牌啤酒的馋相很快在电视和报纸上出现，他蘸着口水数奖金的镜头甚至被做成广告，在电视上连放一个月以上。

后来，王大嘴又参加了一次豆奶比赛，一次吃包子大赛和一次啃烤鸭大赛，都稳捻了冠军。捧着奖杯的王大嘴觉得自己以往一直讨厌的好胃口居然成为一项优点，看来，自己往日是错怪了老天爷。

之后的两年多时间里，王大嘴几乎成为本市每一次商家炒作活动中不可缺的人物。平时不爱看电视和报纸的他也开始削尖脑壳搜集各种大赛信息，并踊跃参加，而且必得冠军。后来，他甚至还参加过桑拿中心“比比谁更耐蒸”的比赛，只有这次，他败下阵来，因为他确实没有获得冠亚军的那几个胖女人耐烫。

王大嘴最后一次在媒体上露脸是两星期前，新闻标题是“昔日喝酒比赛冠军，今日要卖奖杯治病”，内容是讲王大嘴患了肝癌，无钱医治，想拍卖以往获得的几个喝酒奖杯。报道里，王大嘴面色蜡黄、眼窝深陷的样子，一点儿都没有明星的风采。

钱　包

〇许　行

从饭店里走出来已是晚上十一点多钟，街道上人、车都稀少了，这条狭窄的小街就更显得有点幽暗和冷清。他感到很累很累，一天忙下来筋疲力尽，仿佛连骨头都有些酥软了。他不断地互相摩擦双手，那两只手整天戴着不透气的胶皮手套泡在水里，都有点红肿了。他想再干两个月，如果能攒下两千多元钱，就可维持一个学期的生活，也许还能多吃几次廉价的火鸡肉……

苦，他不怕，他一个三十好几的人，挣扎到这个份上就凭这个“苦”字了。

忽然一个从后边匆匆走过来的人撞了他一下子。见鬼，这么宽的路还往人身上撞，眼睛长哪儿去啦?

“Sorry。”一个小个子亚洲人忙三火四地向前走去。

他不由一惊，马上警觉地摸摸装在裤兜里的钱包。啊！没啦！好家伙，偷到他这穷学生身上了。

“站住!”他一着急竟用中国话喊了一句。

那个人不知听懂未听懂，却加快脚步向前走去。

他追上去连忙用英语喊：“Wallet，Wallet！(钱包，钱包)”

那人一回头猛地跑开了，他连忙追过去。他的钱包里钱不多，大约只有十几元钞票和几枚硬币。可这也是钱啊！在中国店里买方便面也够吃一阵子了。多少天来在裤兜里揣着，连一罐可口可乐都未舍得买，他不能这样轻易撒手。打量前边这个家伙，也不是他的对手，就凭他这个砣儿压也把他压趴下。

“赶快站住，把钱包拿出来！”他用英语喊。

他越这样喊，那个人就越慌张，跑得也越快，像兔子一样朝贫民区跑去。他决定咬住不放，他想他这个穷鬼谅他也不会有枪。

那个人绕着树跑，企图以灵巧的身躯摆脱他，他也绕着树追。追！一定得追上他！他一身疲惫的细胞，这时已经全部被调动兴奋起来。

那个人拼命奔跑，他也就以百米冲刺的速度猛追。就在他要追上他的时候，那个人一看实在逃不过去，便扔了钱包就跑。

“真是鼠辈！就这么点本事也当小偷？”

在昏暗的路边上，他捡起钱包，装进衣兜。为了防止意外，他不能再追了，得赶紧离开这是非之地。于是，他一路小跑，回到了住处。由于惊慌和猛烈的奔跑，一直到进了屋子，他的心还怦怦地直跳。

坐下来后，他猛然想到他得看看钱包，别把钱让人拿出去，自己捞了个空的回来。他后悔当时有点粗心大意，未能就地打开看看。

“咦！这哪里是我的钱包，这家伙到底调包了……”可他翻开那被汗水浸得湿乎乎的钱包，一下愣住了：那里有八百多元美钞，几枚不同面值的硬币和一张工资结算单。原来他也是个在饭店里打工的人，刚刚拿到这份最低的工资。这时，他看看裤子，一下子想到早起后换了裤子，自己的钱包还在原来裤子的兜里呢！

案　例

〇晏　苏

董事长爱琢磨，点子也多。公司里便总有些新花样，员工们应接不暇，常处在刺激和反应当中。

“唔，要学习外国先进的管理经验。”董事长擎着一本书，满脸的沉思，“瞧，人家德国人聪明啊！员工们一紧张，总得发泄吧？猜猜，德国老板是怎么做的？”他问秘书。

“发奖金？要不，请大家泡完酒吧去洗脚？——还可以与员工联络感情。”秘书做智囊状。

“不，这是浅层次做法。我告诉你吧，人家德国老板把自己的塑像立在大门口，谁要是心里不满，可以去捶、去踢、去踹，三两下过去，发泄了。当然，那塑像是橡皮的，经得住捶打。聪明啊，化解了不满情绪，还省钱——真是聪明！”董事长很是感慨。

秘书也频频点头，悟得深了些：“高级聪明！办法妙，又没有什么成本投入。”

不怕做不到，就怕想不到。秘书把橡皮人董事长摆在了公司大楼的门厅。正是下班的时候，员工们都凑过去看稀罕。如今的制作工艺真是了得，橡皮人董事长与董事长本人极相像。尽管笑得平易近人，但威严犹在，员工们明知它只是个橡皮人，还是有些怯。

董事长善解人意。为了让员工们捶打踢踹得无拘无束，他决定早晨提前半小时上班，晚上迟走半小时——要是正好撞上员工冲着橡皮人发泄，人家尴尬，董事长脸上也挂不住啊！

第二天，董事长实际上是提前一个小时上班的。

中午索性不下楼，让秘书送盒饭上来。

“怎么样？发泄得还算尽兴吧？”董事长吃着饭，眼睛仍盯着电脑屏幕，漫不经心地问。

“没人发泄……倒是有人冲着橡皮人鞠躬，笑嘻嘻的。”秘书说。

“什么意思？”董事长认真了。

“搞不懂。也许……是您的亲和力在起作用？”秘书揣测道。

董事长不做声，埋头吃饭。偶尔吃吃盒饭也不错，别有味道。

下午刚刚上班，秘书兴冲冲报告说，橡皮人董事长身上，挂满了彩带。

“彩带？怎么回事？”董事长纳闷着。

“这还不好理解？就像俄罗斯人献盐和面包、藏族人献哈达，员工们是表达对您的景仰爱戴呢！”秘书很兴奋，“我说过，亲和力呀！您的人格魅力呀！”

董事长打了个饱嗝。咦，吃的是盒饭，且过了一小时，竟然会打饱嗝？这感觉舒服。董事长想，管理学各种版本的论著里，或许会出现新的独特的案例？

彩带，董事长倒不陌生。公司就是生产纺织品的，有的是各色布料的边角，这么用，还叫做彩带，挺别致。董事长整个下午是满眼的五彩缤纷。

董事长决定晚走一小时，他要一个人静静地看看橡皮人。

门厅里空无一人，啊不，还有个橡皮人董事长，笑得平易近人，亲和地望着董事长本人。董事长本人走近橡皮人董事长，突然觉得五内俱焚，空气也像是稀薄了。

橡皮人董事长身上的那些彩带，不知被什么人拧巴拧巴，竟成了一条绳索，将橡皮人董事长五花大绑着。橡皮人董事长笑得悲惨，它望着董事长本人，像是在求告什么。

去城里的亲戚家

○王　往

我知道我妈要去城里的亲戚家了。你看，她把菜籽油往头上抹了。我妈平时倒油时，总是把油瓶轻轻地一歪，点了两三滴，就迅速地把油瓶立起，嘴唇对着瓶口飞快地一舔——她才舍不得费一点油呢。你看，我妈穿新鞋子，蓝底红花的鞋帮，多新鲜！不去城里的亲戚家，她不会舍得用菜籽油抹头发，不会舍得穿新鞋子。

我知道我妈要去城里的亲戚家了。你看，她现在又开始给我妹妹打扮了。她衔着皮筋，在给我妹妹梳头，她要给妹妹扎羊角辫子。可是，对我不闻不问。不去城里的亲戚家，我妈不会有耐心打扮我妹妹，也不会不让我跟着。

我说，妈，我也要跟着你去。

我妈想也没想，就说，你不去！

我说，我去嘛！

我妈说，你去干什么，你去讨人嫌！

我知道，再说下去不会有什么用了，最多能得到两巴掌。

我妈拉着我妹妹的手上路了。妹妹扭过头，得意地挤眉弄眼。气死我啦！我妈一去城里走亲戚，就带我妹妹，就是不带我。城里的亲戚是我妈的三妹妹，我们叫她三姨娘。我们家的亲戚只有三姨娘家在城里。去别的亲戚家，我妈从不怎么打扮，拉上我和妹妹就走。可是去三姨娘家，我妈就把我妹妹仔仔细细地打扮一番，还不允许我去，说我爱乱动。我爱乱动怎么啦，我到哪儿都爱乱动……不过到城里我就不乱动了嘛，可是妈不相信。我不死心，我妈和我妹妹在村口转弯时，我就跟了上去。到了大路上，我妈回头望望，我赶忙站住了，随手摘了一片柳树叶，吹起叶笛，装着不再要去的样子。等她们走了一段路，我又跟了上去。快到涟水大桥时，我妈她们站下来歇会儿。我妈看见了我。我妈朝我挥手，叫我回去。我愣了一下，就躲到路边的麦田里。刚抽出的麦穗刺着我的脸痒痒的。我不敢多呆，顺着麦田边跑起来。我登上涟水大桥时，我妈她们正在北岸呢。我又站住了，我妈朝我招手。她要让我过去？过去会打我吧？我迟疑着。我妈又招招手。我只好跑向我妈。到了我妈跟前，我喘着粗气，汗水直滴，我把头扭向一边，不敢看我妈。我妈说，我就晓得你非来。我告诉你，到你三姨娘家，不准乱动。我说"嗯"，心里甜丝丝的。我妈拍拍我身上的土，又给我纽扣扣好。我妈又蹲下去把我的鞋带子系好了，看着我的破鞋头，说，你看这……唉。快到三姨娘家了，我妈停下了，说，你到了那儿，不要乱翻，乱翻我打死你。我点点头，心里竟有些紧张起来。

到了三姨娘家，三姨娘很热情，拿糖果给我们吃。三姨娘家的糖果是装在大肚子的玻璃瓶子里的。各种各样，花花绿绿。我很羡慕，城里人日子真好呀，一瓶子糖，想吃就吃。我吃着糖，看着墙上的画，柜子上的闹钟、收音机，觉得稀奇极了，我很想去摸摸。可是，我妈老是对我使眼色，叫我不要动。我只好坐着，把糖纸折来折去，弄得沙沙响。我妈对三姨娘说，三妹妹，姐妹几个就你嫁到好人家了。三姨娘说，和你们比我是好些，不过在城里人家也是一般。我妈又说，这几年，不是你和他姨父帮衬，我那几个讨债鬼都养不活，不晓得怎么过呢。三姨娘说，姐妹们，不说这些话。我妈老说我们兄弟姐妹是讨债鬼，我听得耳朵都起茧了。她们说这些话，我没兴趣听，东张西望的。

过了一会儿，三姨娘家的儿子小光回来了。小光去过我家，我们很熟了，又差不多大，我八岁，小光九岁，我们最爱在一起玩。

小光一回来，就对我说，咱们去玩玻璃球吧。说着，他去找玻璃球。小光没找到，问他妈。他妈说，我怎么晓得，你自己找。小光很着急，我就帮他一起找。我想，会不会在柜子顶上呢？我就搬来椅子，站上去，到柜顶上看。我把柜子顶上的东西挪过来挪过去。突然，啪的一声响，吓得我差点从椅子上掉下来。天啊，一只陶制的小猪被我的胳膊肘碰到了地上。“小猪”摔得八瓣开花，“猪”肚里滚出了一地硬币。

我妈的脸色一下子变白了，一把将我从椅子上拽下来，狠狠地甩了我一个耳光。我三姨娘赶忙将她拉住了。我妈还要打我，颤抖着说，叫你不要乱翻，叫你不要乱翻……我三姨娘说，算了算了，一只存钱罐，摔坏了就摔坏了。我吓呆了，低着头，咬着手指头。

小光倒是没说什么，蹲下去捡钱。我妈也蹲下去，边捡钱边说，这孩子，小光，姨娘回去还要打他的。

钱捡起来了。三姨娘让小光带我出去玩。

小光还没走，我先到屋外去了。

小光让我和他去店里买玻璃球。我慢腾腾地走着，不说话。小光说，快啊。

我说，我想回家。

小光说，姨娘还没走呢。等你们走时，我也和你们一起去，你们家可好玩了。

小光的话，让我想起一件事：小光上次在我们家，打碎了一只碗，砸死了一只小鸡。但是，我妈一点没生气，还对三姨娘说，城里的孩子就是活泼，不认生。三姨娘也没骂小光，没打小光。

我想到这儿，眼泪就流下来了。

我丢下小光，跑了。

到了涟水大桥时，我站住了。桥南岸是农村，桥北岸是城市。北岸和南岸的孩子是不一样的吗？

我边走边用棍子抽着路边的小树、野草、野花，把它们的枝劈断，叶打碎，花打烂。

那天，我妈回来，我没有躲起来，我等她打我。我想她把我打急了，我要问她：我和小光有什么不同？可是，我妈没有打我。我有些急，有些失望。

第二天的课堂上，老师教我们读课文：工人、农民、科学家、解放军——你长大了干什么？

然后，老师提问。老师问我，你长大了想干什么？

我说当解放军。

老师问，为什么？

我说，我要背一包炸药，把敌人的大桥炸了。

同学们都笑起来。

老师说，你过来。

我走上去，老师拧着我的耳朵，使劲儿转了两下，把我往后一搡，就你爱捣乱！

唉，我还是挨打了。

千金虎

○杨小凡

“千金虎”不是虎，乃乾隆年间药都一写字高手——杨时轮的别称。

杨时轮少年聪颖，读书作画样样让私塾里的老先生吃惊。但他却无意于功名，只热衷于练字和拉弦子。

这字练得如何没人见过，只传说，他写的字白天会动，夜里放光。这弦子——药都人把二胡称作弦子，拉得倒堪称一绝。话说有一年的除夕晚上，全城男的女的老的少的纷纷向南门聚去。都说南门唱大戏了：锣鼓弦子一个劲儿地响，黑头、小生、红脸、花旦一个劲儿地唱。

可药都人赶到南门全都惊了，哪有什么戏，只有杨时轮挟一把二胡从城墙上下来。这一把二胡满台戏的景儿，使药都人对杨时轮多了几分佩服。但谁都很少能给他攀上话，一则他时常四处出游，二则他整日间闲云野鹤般深居简出。

云儿没有根，鸟儿喜丛林。

这一天，杨时轮和书童云游至苏州寒山寺。只见寺门口有一老妈妈不停地向人哀求，原来她要把眼前这个眉眼儿俊秀的小姑娘卖了。

杨时轮一问才知，原是一个恶霸逼死了她的男人，又要把十两银子的债滚成五百两，三天不还，拿她女儿抵债。“把闺女卖了，也不能把她往这个老色鬼的火坑里推。”老妇人一把鼻涕一把泪地诉说着。

“老人家，不必伤心，跟我到码头边的船上，我送你五百两银子。”

杨时轮话刚出口，书童便小声提醒："老爷，咱统共才剩二百两，只够回家的盘缠。"

"这样吧，老人家明天还是这个地点、还是这个时辰等我。"说罢大步向寺内走去。

晚上回船，杨时轮磨墨摊纸挥笔写下一斗大的"虎"字。

"明儿一早，你把这个字拿到当铺，当银要一千，当期写一年。"杨时轮拎起二胡向船头走去。

第二天一早，书童拿了这个"虎"字一连跑了十家当铺，没有一家肯接当。在人们的指点下，他来到苏州最有名的当铺——盛泰昌当铺。字画柜伙计看了看字，问当银多少，书童伸出一个指头。

"一两?"

"太少!"

"十两?"

"太少!"

"百两?"

"还太少!"

"这字能当一千两?"字画柜伙计站了起来。

正在这时，从里屋走出一个五十多岁的账房先生。接过字一看，不禁一惊，连忙戴上老花眼镜摇头晃脑地半天不语。

"这个虎字也算写到家了，但不足之处是这只'虎'脚根不稳。当银九百九十九两如何?"

虽差一两银子，书童没敢做主。便收起字，向杨时轮禀告。

杨时轮一听，失声叫道："是个识家。"

遂向船家借张八仙桌放在岸上，垫平四角，饱蘸大笔，临风又书一"虎"。

一年之后，杨时轮带千金来赎字。只是"盛泰昌"已不见了，据说是失了大火，烧了库房。杨时轮仍不死心，经过二九一十八天苦找，终在一旧书摊前找到账房先生。

账房先生一口咬定，字在大火中烧掉了。杨时轮无奈而归。

三年之后，杨时轮在药都自家门前突然看到那“虎”字的赝品。自此，便封了笔。

杨时轮没给药都留下一字，只留下“千金虎”的美传。

宠物时代的幽默

〇佚　名

开　始

男职员爱慕女职员，便私下将女职员的姓名赠给自己养的八哥。

女职员厌恶男职员，便私下将男职员的姓名赠给自己养的鹦鹉。

科长顶瞧不起顶头上司处长，便慷慨地将自己养的花猫起名为处长。处长内心最嫉恨局长，觉得局长处处压制自己，便慷慨地将自己养的狮子狗起名为局长。

后　来

局长高升了，处长顺理成章地被提拔成了局长，而科长也顺理成章地被提拔成了处长。

经过一场爱情马拉松，男职员如愿以偿，终于娶女职员为妻。

问题出现了：结婚以后，男职员发现，每当妻子温柔地呼唤他的名字时，最先回应的通常是妻子养的鹦鹉。

女职员也发现，每当丈夫温柔地呼唤她的名字时，最先回应的通常是丈夫养的八哥。

两人很快明白了真相，怒火中烧，大战一触即发。

接下来，男职员和女职员的夫妻矛盾越来越深，他们决定找以前的科长、现在的处长反映情况，告对方的状。

于是，他们来到处长家。处长很热情地接待了他们。他们觉得心里暖呼呼的，一口一个“处长”地叫着，要把情况原原本本告诉处长。怪事发生了，处长家的花猫总是冲着他们“喵喵”叫。他们每叫一声“处长”，花猫就回应一声。他们面面相觑。处长的脸红得像秋天的苹果，一脚把花猫踹开，把它关到了洗手间里。他们连忙告退，落荒而逃。

然 后

送走那对夫妻后，处长坐卧不安。要是这两人回去乱说可咋办啊？万一传到以前的处长——现在的局长耳朵里，对自己的仕途可大大不利啊。处长的眉头拧成疙瘩。

处长马上置办精美礼品，连夜去局长家拜访。局长很热情，很幽默地打趣老部下。处长觉得心里暖呼呼的，一口一个“局长”地叫着，像要把自己心窝子掏给对方似的。怪事发生了，局长家的狮子狗总是冲着他“汪汪”乱吠。他每叫一声“局长”，狮子狗就吠一声。处长心慌意乱，局长的脸红得像戏里的关公，一脚把狮子狗踹开，把它关到厨房里。处长连忙告退，落荒而逃。

结 果

近来，局长的脾气越来越暴躁了。为了一点小错，局长把处长训了一顿。处长受了气，迁怒于男职员和女职员两口子，在处里的工作会议上，点名批评了他们。

男职员和女职员回到家，吵得昏天黑地。

男职员狠狠地说：“离婚，这日子没法过了！”

女职员也狠狠地说：“离就离！”

突然，他们养的八哥和鹦鹉也狠狠地说：“离婚，离就离！”

男职员和女职员听见后，顿时沉默下来。

律师看病

〇云　弓

某著名大律师感冒，一个礼拜了，仍时好时坏，只得就医。来到挂号处，护士说：“挂号费两元，病历费十元。”

律师不解：“病历费这么贵？不就几张纸嘛。”

护士说：“是啊，但这纸是法律文书，是你就诊的重要凭据。”

看病的医生是位专家，问道：“怎么了？”

律师：“感冒了。”

医生：“头疼不？”

律师：“疼。”

医生立即开出一张 CT 检查单：“去做一个头部扫描，排除一下脑血管疾患。”

律师：“我不做，感冒还要花几百块钱扫描，我拒绝。”

医生点点头，递过一张文书：“签字，签字就可以不做扫描。”

律师接过文书，上写：“本人拒绝做头部 CT 检查，如果因脑部疾患引发意外，与医院无关，本人自愿承担由此引起的一切后果。”律师想了想：“好，我做。”

律师做好了检查又回到诊室。

医生：“感冒几天了？”

律师：“一个星期了。”

医生开出两张检查单，一张心电图，一张心脏彩超。

律师："我心脏没问题，不用查了吧——又是好几百啊。"

医生："病毒性心肌炎是病毒性感冒的常见并发症，通常可能发生在感冒一周以后，如果不做检查可能出现漏诊。如果漏诊医生须承担法律责任，所以……"

律师不耐烦了："我没心脏病，不做。"

医生点点头："签字，就可以不做。"

律师接过文书，想了想："好吧，我做。"

律师做好彩超，医生下中午班了，转身要走，律师说："喂，我还没看好呢。"

医生："根据《劳动法》，我们实行固定工作时间，有权享有休息时间。你下午再来吧。"

律师语塞，想了想："难道中午你们就不救病人了？"

"救。"医生笑了笑，"你可以去看急诊科，如果你的病情比较急的话。"

律师摇摇头，自忖：不就感冒嘛，吓唬谁呀。

下午，医生准时应诊。医生问："嗓子疼吗？"

律师："是啊，感冒不就这样吗？"

医生："嗓子疼通常是由链球菌引起的，往往会引发风湿性心脏病、风湿性关节炎、肾小球肾炎……这样吧，这心脏是查过了，再拍个片子看看关节，做个肾脏穿刺排除一下肾炎。"

律师一听脸都白了："穿刺，很危险吧，验个尿不就行了吗？"

医生："从法律上讲，只有肾脏穿刺才能确诊肾炎，验尿只能作参考。"

律师狠狠心，跺跺脚："我不做。拿来，我签字，出了事不找你们。"

医生："咳嗽吗？"

"咳。"

医生立即开出会诊单："去，去肛肠科会诊一下。"

"肛肠科？"律师急了，"感冒看肛肠科？荒唐！"

医生："十人九痔，咳嗽会使腹压增加，腹压增加可能加剧痔疮，痔疮严重可能引发大出血……"

律师："我不做，死了拉倒。"

医生："好，签字。"

律师愤愤地签完字说："请告诉我还有多少字要签，我什么都不查，什么都不会诊，我就看感冒。"

医生拿出一沓文书："太好了，你慢慢签吧，我要下班了。"

律师急了："你先给我开点药，字我会慢慢签的。"

"不行，"医生很坚决，"我吃过这亏，你不签字，我不开药。"

律师带着几张还没签完的文书走出诊室，这时手机响了："什么？医疗纠纷？我当然受理。什么？病人死了。好，没问题。医生履行了告知义务了吗？让你们签字了吗？让你们会诊了吗？没有？好的，没问题，这官司我们赢定了！"

代理时代

○高阳侯

王大明是个成功的生意人，几年前，他取得了一个著名时装品牌的地区总代理资格，每年进项不少，但他仍不知足，最近，他正在争取一个知名化妆品的代理权。

这天，王大明正跟对方商讨加盟代理的问题，手机响了，是乡下的老爹打来的。王大明没工夫接，等谈完业务，王大明才给老爹打了过去："爹，刚才我正忙着呢，你找我有啥事？"

王老汉说："大明啊，昨天我过生日，整整等了你一天，咋就没见到你的影子呢？你该不会忘了吧。"

王大明说："啥？爹呀，你前两天就交代过了，这事儿我咋会忘呢？你昨天有没有收到一个大蛋糕？"

"有啊。"

"那就对了。"王大明笑了，"给你送蛋糕的人，就是代表我去的，我实在是脱不开身，就找了家礼仪公司，还花了一百多块的代理费呢。"

王老汉叹了口气："唉，好吧，既然你没空就算了。对了，还有件事：自打去年你妈走了以后，我一个孤老头子就啥乐趣也没了，最近又摔了腿，连出屋都困难，现在就是整天看电视，可是家里那台旧电视机都看不清图像了，你能不能给我买台新的啊？"

王大明答应道："爹，这还不简单吗？您就踏踏实实在家等着吧。"

过了两天，王老汉家果然来了一辆小货车，还拉来了一台大屏幕液晶电视机。不过，开车的、送货的都不是王大明。王老汉觉得奇怪：“咋我家大明没跟着来?”

送货的说：“大爷，您儿子预订了我们的网络代购服务，他留下的地址是您这儿，我们就送过来了。”

“啥购?”

送货的一听笑了：“代购。代购就是代理购买的意思。就是说您儿子在互联网上订了货，托我们送过来。这样买东西方便便宜，当然，我们也能从里面赚几个辛苦钱。”

小货车开走老远，王老汉还没明白“代购”是个啥意思，不过儿子的心思他是懂了：他现在忙，没工夫，老爹安排的事不能亲自办，就让别人代替了。这小子，做生意靠代理发家也就罢了，竟跟老子也玩起代理这一套！行，过一阵子就是清明节了，该给你娘上坟了，我得提醒提醒你，看你这小子还能让人“代理”不?

于是，清明节前，王老汉特意给儿子打了个电话，提醒他别忘了上坟的事。王大明一口答应下来：“行，我保证到时候我娘的坟上比谁家的都风光。”

可一眨眼，清明节过了好几天，王老汉也没看到王大明的影儿。不过，老伴的坟上倒也没冷清，也不知是谁家搞错了，不仅有人烧过纸，还有人放了花和供品。王老汉心里不痛快，比比人家的场面，自己儿子连回都没回来，实在太不像话，于是他怏怏地给王大明打电话：“大明，清明节你咋没回来呢? 咋不知道给你娘上坟烧纸呢?”

没想到，电话那头，王大明一点愧疚的意思都没有，反而用非常肯定的口气说：“不可能！我请他们代理扫墓可是花了大钱的，他们还把扫墓的经过录了像，回来让我看了呢!”

王老汉这才明白老伴坟上的那些东西是咋回事，可是他还是想不通：

“我知道，现在城里时兴这‘代理’那‘代理’的，不过，总不能连扫墓都代理了吧?”王大明哈哈大笑：“爹，现在只要肯花钱，连生孩子都有人代理。只要有钱，啥事不能找人代理啊？有钱能使鬼推磨嘛!”

王老汉没办法，只好幽幽地说：“看来我是老了，跟不上时代了。对了，过几天我到城里去看看你。”

没想到，王大明一听就慌了：“爹，我现在可是没时间陪你——我忙着赚钱呢。何况你现在腿脚也没好呢，一瘸一拐多不方便。等过段时间，我花钱找人代我看看你。”王老汉说：“这你别管，我自有办法。”

过了几天，王大明的三叔来到王大明的公司，王大明一见赶紧让座，吩咐秘书倒茶，然后问：“三叔，你干啥来了?”

三叔来到王大明跟前，二话不说，“啪”给了王大明一记耳光。王大明急了，摸着火辣辣的腮帮子吼起来：“三叔，你——你干吗打我啊?”

三叔哼了一声：“你爹说了，让我也做个代理，替他教训一下你个认钱不认亲的王八羔子!”

翡翠石

〇朱雅娟

鼻孔如火烧烟熏，脉象似小鸡啄米。商生心里明白，母亲是捱不过这一夜了。

商母牵了儿子的手，断断续续地说：

儿呀，娘能拉扯你长大成人，原本该心满意足了……可娘没能看着你成家立业，怎么也闭不了眼，放不下心……

娘要死了，没什么东西可以留给你，只是这块石头，是皇上南巡时赐给你祖上的……儿啊，虽然我商家家道中落，但无论如何你都不能辜负圣恩啊……

商生接过母亲用红绸包着的御石，泣不成声，泪如雨下。

安葬母亲后，商生也像大病了一场，令他安慰的是娘给他的御石还在，用红绸还好端端地包着。

一日醉酒后，商生向酒友炫耀家传的御石，酒友便怂恿他拿出来一观。架不住众人的死缠硬磨，商生打开红绸，露出家传的珍宝。

几秒钟的惊愕之后是能掀开屋顶的笑浪！众人笑得前仰后合，手指着躺在红绸里的鹅卵石笑岔了气。

柳生摇着折扇笑道：真是百闻不如一见，商兄的这块御石可真叫我辈大开眼界了。

刘生揶揄道：兄台说话又何必这么刻薄。我听家父说过此事，商兄所言倒也非虚。六十多年前商兄的祖上在江南为官，清正廉明，事事删繁就简，就连皇上南巡时也领教了商兄家祖的廉洁。于是正当青春年少的皇上童心大起，顺手在沙滩上捡了块鹅卵石赐给这位廉臣。想必，我们今日有幸看到的就是那块玉石喽！

众人复又哈哈大笑。

商生紫涨了脸，抓起石头就想往外扔，却被柳生用折扇轻轻挡住：

兄台，万万不可，皇上亲赐的东西，可是轻易丢弃的？兄台，不可造次呀！

商生一怔，旋即哈哈大笑：

正是，正是！皇上御赐的东西，即便是稻草一束，鹅毛一根，也是皇恩浩荡，圣眷不衰。我看皇上赐的这块御石，保不准是块浑然天成的璞玉。就像古代的那个叫卞和的人，发现的和氏璧不就是石头里藏着的美玉吗？各位兄台，你们哪位能肯定皇上赐给我商家的是块普通的鹅卵石呢？

众人一时语塞。

商生又说：此事若传扬出去，或是打到皇上耳中，商某敢问各位，谁能担当这个大不敬的罪名？

众人已是浑身如同筛糠。

商生轻笑一声：我商某向天起誓，绝不把今日列位藐视皇恩的事说出去，否则天打五雷轰！

众人方松了口气。

商生却又说：商某最近想弃文从商，只是手头有些不方便，不知各位仁兄，可否帮衬小弟一把？

众人心中气苦，却只能强作欢颜，纷纷许诺接济一些银两给商生，便想脚底抹油。

商生变色道：列位敢是戏耍小生来着？就这么空口一答应，出门各东西。难不成让小生打一场没凭没据的官司去？

众人哑然。

商生道：小生倒有一计，诸位有现银的就给现银，没有的就给小生写一张借据，签个名，按个手印……今日之事，就权作根本没有发生过，如何？

好！

沉默了数秒后，众人咬牙切齿地回答。

商生还没有绽开一个完整的微笑就被扑倒在地，接着“噗”的一声，灯也被吹灭了。黑暗中众人七手八脚地饱打了商生一顿。

狗东西，算计到大爷头上来了！

瞎了眼的，也不看看马王爷长了几只眼？

王八羔子，穷疯了，设这么条毒计暗算人！

……

有人抓起那块鹅卵石，尖着嗓子骂：

龟孙子，皇上是戏弄你们商家呢！叫你们做人像这块石头一样，圆滑点，别又臭又硬！

鹅卵石飞了起来，砸到了商生的圆脑袋上。

商生被砸糊涂了，又好像被砸清醒了……

三个月后，年迈的皇帝终于召见了脑袋缠得像个大粽子的商生。手捧着被商生的鲜血浸有暗渍的御石，老皇帝感慨万千。为了保护一块六十年前戏弄迂臣的鹅卵石，这个年轻书生竟然与歹徒生死相搏，足见皇家威仪，天朝龙威。

皇帝上上下下打量了商生一番，随口问了他几个有关治国安邦的问题，没想到这厮竟然口若悬河，谈吐不凡，对当今文治武功，虽然略有溢美之嫌，但不无可取之处。皇帝龙心大悦，便赏了个五品知州让商生玩玩。至于这块鹅卵石，本是皇帝御赐，又沾了志士的鲜血，真乃碧血丹心，遂赐名为“碧血石”，再次赐予商家。

消息传到商生的家乡，令柳生、刘生之流着实胆寒了数月。商生却没有回乡省亲，只差了一拨人重修了祖坟，算是告慰了在天的祖上和娘亲。

没人的时候，柳生会拿着一块鹅卵石不停地把玩，这块石上到处是暗红的血渍印，是那夜商生被砸伤后柳生趁其他人不备偷来的真正御石。

要不要剖开这块石头瞧瞧，里头有没有藏着碧玉呢？

要不要找商生问问清楚呢？

此类想法困扰了柳生的后半生。

据说商生的那块碧血石，天长日久竟真变成了一块翡翠石，其形如卵，温润若玉。这真是天之洪福，国之洪福，民之洪福呀。

请来了一个开锁匠

〇庄　学

左扭右扭，“啪嗒”一声，钥匙别断了。田间的电话追着屁股催，就急着到卧室取相机到龙门西山采风，一着急……艾尤布傻了眼。不仅采风采不成，晚上睡觉还是个问题呢。艾尤布抚着肚皮看那门锁，那门锁就冷峻地看着他并带着一丝丝的嘲笑，原本拿得起放得下的艾尤布胸中淤起了块垒。

让田间在那里着急吧，我不陪你玩了！艾尤布反倒冷静下来，思索着如何解决眼下的难题。砸锁卸门翻越阳台，看看都不可能……只有去找街上的开锁匠了。

艾尤布跑到街上，寻了一根电线杆，照了上面开锁匠留的电话打过去，很快就听到了对方声音：洪门开锁门市部，用心用意为您服务。艾尤布说：我的门锁开不开了……是外门？……不，是卧室……那好……不过你得能证明你的身份……没问题？……那好，马上到。

艾尤布回到家刚喘口气，门铃就响了。门外，一络腮胡子就很严肃地问：是需要开锁的艾尤布艾先生吗？艾尤布点头说是。络腮胡子就将脚边的工具箱一提溜侧身进了门。络腮胡子问：这是你家？艾尤布指指墙上的大幅照片上那个短寸头的哪位，你看看是不是我？络腮胡子认真看看：嗯，还真是你。

络腮胡子以半蹲的姿势仔细端详了那冷峻且带嘲笑的卧室门锁，就打开自己的工具箱。

络腮胡子的工具箱里是一层层的工具夹，络腮胡子一层层地翻开，在最底下的那一层取出一铁盒，又从铁盒里取出一小布袋子，布袋子被线走过隔开成一个个细长的小兜兜，然后用两个指头细细地捏出一根细铁丝来。这细铁丝被络腮胡子的大手一捋，就泛出一丝丝阴阴的亮光出来。络腮胡子仔细品味了这一丝亮光，陶醉般地咽了吐沫，喉结上下蠕动着。只见络腮胡子蹲下来，盯住了锁眼看，然后又翻过一层层的工具夹，取出一小巧的尖头手钳，用这尖头手钳轻轻夹了断钥匙的边，大手稍稍用劲，并左右晃晃，匀着劲将断钥匙慢慢拔了出来。整个过程没有听到铁具间碰撞的声响，悄没声地把活儿干了。

一个细心地干活，一个目不转睛地观看，嘴都闲置起来。

接下来的事情就简单多了，络腮胡子再次举起发亮的细铁丝品味端详，祭神般地轻轻捅进了锁眼。眯缝着眼的络腮胡子不看手上的动作，只是凭着感觉将细铁丝上下移动，微微的“啪嗒”一声，络腮胡子用手转了门把，门开了。

络腮胡子又是手一捋，对着细铁丝轻轻吹了口气，细心地放入布袋子里。整好工具箱的络腮胡子站起来看还在发愣的艾尤布，艾尤布才想起来要给工钱。临走，络腮胡子仍不多说一句话，只是把那柄断钥匙置放在艾尤布的手中。

艾尤布看着络腮胡子重重地走出大门，手里还握着拔出的那半截钥匙愣神——厉害！然后就出门去配钥匙。艾尤布走到半道上心事重重神不守舍，恍惚间好像看到了旁边络腮胡子窥测的眼神和细铁丝上阴阴的亮光，心中猛地一惊，便急急地回转身往家疾走。

匆匆攀上几层楼回到自家门口，一切都是安然无恙的样子，大门上过年贴上的大红“福”字还是喜气洋洋的神态。

此后的几天，夜里的艾尤布辗转反侧，对那意料之中的开锁声既期盼又害怕，常常在黑夜中看到那带有一丝阴阴亮光的细铁丝。果然在一日的子时，大门响起了一阵窸窸窣窣的开锁声，艾尤布光脚下地手执一铁钳轻轻地走到门前，猛地一拉开门……预想中的络腮胡子没有出现，呈现给他的是醉意朦胧的邻居的一张脸……

就在艾尤布与秋意商量要购买安装她所经营的家用报警器时，艾尤布在秋意的办公桌上的报纸上看到了一幅照片，那是介绍一曾有污迹而今成为十佳新闻人物的人，照片上的络腮胡子还是一脸的严肃拒人千里之外的模样。至此，艾尤布心里轻松了。

那是真的轻松了。

雪域神话

○杨晓敏

3 月 19 日傍晚，一大块乌云悄悄侵蚀着精光四射的夕照。雪花儿纷纷扬扬，凛冽的寒风一阵紧似一阵。哨所吹熄灯哨时，院里已有三公分厚的积雪。

黎明时分，战士们被惊醒了。山呼海啸般的号叫声撕碎了边境的宁静。伴随着啪啪啪的声响，十几间屋顶的白铁皮早飞得不知去向。哨兵刚从水泥岗楼探出半截身子，风雪立即裹住他旋出门外。他一阵连滚带爬，才搂住一块石头，急忙鸣枪报警。

（远古年代，喜马拉雅山区是一片蔚蓝色的海洋。霞光照耀在树木森森的海岸，遮天蔽日的林间果味飘香，氤氲缭绕。山坡上有婀娜多姿的香草，草坪上有嬉戏跳跃的珍禽异兽。）其实用不着报警。哨所的干部战士早已敛容息声，伫立窗前，观望着这场百年罕见的特大暴风雪。雪兽凄厉地尖叫着，“呼隆”一声，战士们眼睁睁地看着厕所顶盖，像草帽一样飘到十五米开外。

干部们在召开紧急会议。蜡烛点不燃，密封的室内照例挤进去白蒙蒙的一层雪花。用不着测量，这些“老边防”的身体感觉得出来，气温起码在零下 40℃。

（有一天，海里蹿出一条凶恶的毒龙，搅动满天海浪，到岸上兴妖作怪。松柏、铁杉、棕榈被它摧折了；斑鹿、羚羊、犀牛被它吞噬了；杜鹃、画眉、百灵被它赶跑了。宁静而恬淡的花园遭到洗劫、蹂躏，面临灭顶之灾。）

游牧民危在旦夕！

牛羊马匹危在旦夕！

哨所驰地方圆几十里宽阔平坦，水草丰盛。尽管早已没有土匪抢劫，但游牧民的帐篷还是在允许的范围内，扎得离部队靠近一些。远近不等的十余顶帐篷像错落的荷叶，环绕哨所周围。当这场特大暴风雪袭击的一个小时后，小小帐篷几乎全部被撕成碎条。哆嗦不已的牧民们只好搂紧仅剩下的粗大绳索，才幸免于难。牧场炸窝了。小羊羔当场被冻死上千头。成千上万的牛羊马匹像一团棉花般顺风遁去，直到卷入河中被冻住四条腿才止步。整个马泉河叫声一片，嗷嗷待毙的畜牲惨不忍睹。

（忽然，一阵仙乐响过，天上飘来一朵五色祥云，化作五位美丽的仙女。她们施展活力，降服了五头毒龙。俄顷风平浪静，岸上草木葳蕤，鸟兽复来。）

八个救援梯队轮番出击了。战士们借肆虐的暴风雪每间隔半小时要减弱十多分钟的机会，急速地从大门前三米高的雪丘上滚过去，朝各个方向分头挺进。先救人，后救畜。

军马牵出来了，雪打马眼，马扬鬃嘶鸣，踌躇不前，人骑上去它就往马圈里钻，根本拉不住缰绳。汽车发动起来了，一车一车地送着人、畜。然而一熄火，便再也发动不起来。暴风雪又铺天盖地地压过来，小分队只好伏卧雪地，减轻风雪的冲击力。满天凄迷，伸手不见五指。指战员身穿皮衣皮帽皮鞋皮手套，加上防风镜，手里攥着指南针，胳膊挽着胳膊，在翻卷的雪浪中，寻找游牧民的踪影。

二十多名游牧民陆续被救进院内。战士们送来棉衣棉裤，医生急忙发放御寒药品。

一群又一群的牲畜被赶进院内。

战士小王听见外面有牛羊叫声，就单个跑出营区。他的防风镜不慎被吹掉了，眼睛让雪花打得直流酸水，根本无法睁开，在距连队只有150公尺的地方直打转。幸好后来正在连队检查工作的团首长也跑了出去，才把他和六十多只羊送回院中。

几个小时过去了，暴风雪的势头逐渐减弱，小分队陆续归来，可仍未见小李的身影。他曾因一次误岗行为，昨天晚上，支委会已初步研究，准备给他处分。小李正与暴风雪抗争。他被吹散后，跌跌撞撞地来到游牧民扎西的帐篷前。暴风雪压塌了扎西的帐篷，一家7口龟缩在里面瑟瑟发抖。小李用手刨呀刨呀，老半天才弄开一条通道。

“你们……都跟着我。”他背了一个孩子，硬是把一家子从死亡线上救出来。

藏胞得救了，小李却冻昏过去。事后，哨所撤销了对小李的处分。

（众生灵对仙女顶礼膜拜，苦苦哀求她们留下来，共享太平的欢乐。五仙女高兴地点头答应，喝令大海退去，大地隆起。）

第二天，马泉河流域天气晴朗，指战员继续为游牧民做善后工作。他们到河里打捞牛羊，到雪原上寻找失散、冻死、冻伤的牲畜，以减轻群众的损失。哨所还救济灾民上百套棉装，数千升青稞，尔后又派人修补羊圈，恢复生产。

（为永远守卫这幸福乐园，五仙女分别变成喜马拉雅山脉的五大主峰，屹立在西部边缘。为首的翠颜仙女，便是当今世界第一峰——海拔8848米的珠穆朗玛峰……）

以后的情节勿需多言，那就是当地政府给北京写信，说当年是金珠玛米把我们从奴隶变成主人，今天在特大自然灾害面前，又是金珠玛米救了我们。群众来到哨所，把响头对着指战员猛磕，双手把青稞酒捧过头顶，表示谢意。据说这是教徒们最虔诚最崇高的一种礼节。